은퇴 없는 세상

—

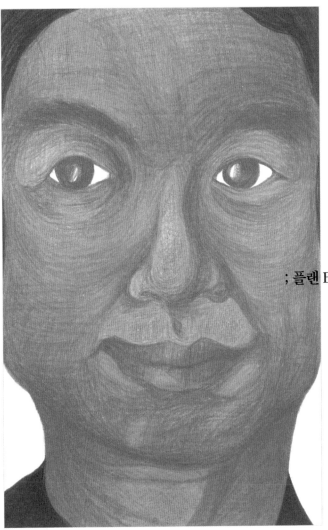

# 은퇴 없는 세상

## ; 플랜 B를 살다

밥장 에세이

북

# 차례

**PART 2**

**에필로그**

서른다섯 일찌감치 직장에서 은퇴하고
작가 겸 일러스트레이터로 먹고살던 밥장.
은퇴 없는 세상을 꿈꾸며 나이 오십에
남해의 작은 도시 통영에 문화살롱을 연다.

# 꿈이 마냥 달콤하면 참 좋을 텐데

2016년 가을, 친구 ㄱ과 함께 통영에 집을 샀다. 그는 이십 년 가까이 백화점에서 디자이너로 일했다. 퇴사 후 독립해서 공간 디자인 사무실을 열었다. 나이도 같고 몇 차례 일도 같이하면서 자연스럽게 친구가 되었다. 가끔 서울을 벗어나 조형물을 설치하거나 벽화를 그렸다. 국도를 따라 달리며 더 나이가 들면 지방에서 함께 낭창낭창하게 살아보자며 수다를 떨었다. 낡은 집을 싸게 사서 카페처럼 꾸미고 커피와 맥주를 팔자, 작품도 전시하고 강연이나 공연도 열어보자고 했다. 장소는 어디가 좋을지, 어떤 집을 살지, 내부는 어떻게 꾸밀지, 누구를 초대할지 꽤 구체적으로 이야기했던 것 같다. 말은 뒤보다 앞으로 던질수록 제값을 발휘한다. 이미 지난 일보다는 아직 이루어지지 썰을 푸는 게 훨씬 낫다.

밑도 끝도 없이 던진 말이었지만, 시간이 흐르면서 생각이 꽤 단단해졌다. 2016년 가을, 드디어 통영에 살 집을 마련했다. 비용은 ㄱ과 반반씩 부담했다. 그 뒤로 시간이 날 때마다 통영에 왔다. 살 집을 마련했으니 이제 놀 집을 꾸밀 차례였다. 입맛에 맞는 공간을 찾아 동네 구석구석을 돌며 발품을 팔았다. 2년 만에 마음에 드는 집을 찾았다. 또 한 번 ㄱ과 공동명의로 계약했다. 카페, 전시, 강연, 공연을 하는 복합문화살롱을 열기로 했다. ㄱ이 디자인과 운영을, 난 홍보와 행사 기획을 맡기로 했다. 집을 사고 공사에 드는 비용 역시 반반씩 부담하기로 했다.

낡은 집을 고치거나 새로 지으면 예상하지 못한 문제가 생긴다. ㄱ이 지인에게 빌려준 돈을 제때 받지 못했다. 일단 내 돈을 보태 잔금을 치렀다. 1, 2주면 된다고 했지만 석 달이 지나도 돈을 받지 못했다. 돈이 없으니 공사를 미룰 수밖에 없었다. 몇 달 동안 애타게 기다렸지만 끝내 못 받았다. 애꿎게 ㄱ은 내게 마음의 빚까지 지게 되었다. 그래도 마냥 기다릴 수만 없었다. 결국 건물은 내 명의로 바꾸고 ㄱ이 투자한 금액을 모두 돌려주었다. 몇 년 동안 함께 꿈꾸었던 일이 불과 몇 달 만에 보기 좋게 무너져 버렸다.

ㄱ은 미안하다며 차비만 받고 몇 달 동안 서울과 통영을 오가며 실내 디자인을 마무리했다. 다른 친구들도 손을 내밀었다. 통영에서 커피를 볶고 카페를 하는 동생이 마침 새 커피 머신을 샀다며 쓰던 걸 물려주었다. 원두를 고르고 에스프레소를 뽑고 드립 커피를 내리는 방법도 꼼꼼히 가르쳐 주었다. 다른 카페를 운영하는 동생은 마침 남는 그라인더가 있다며 선물로 주었다. 20년 단골인 신촌 바 사장은 칵테일 만드는 비법을 전수해 주었다. 함께 맥주 책을 냈던 동생은 가게에서 팔 수입맥주를 골라주었다. 오래전부터 알던 동생들이 마침 시간이 남는다며 서울에서 내려와 몇 달간 통영에 머물며 매니저로 일했다. 탈도 많았지만, 친구들이

도와준 덕분에 2019년 9월 〈내성적싸롱호심〉이라는 이름으로 복합문화공간을 열었다. 통영에 온 지 4년, 건물을 산 지 꼭 1년 만이었다.

통영은 관광도시로 연간 160만 명 이상 찾아온다. 성수기는 봄부터 추석까지다. 추석이 지나면 11월 말까지 관광객이 줄다가 12월에 반짝 늘어난다. 1, 2월에는 다시 손님이 귀해진다. 봄바람이 불고 4월 초 벚꽃이 펴야 비로소 긴 비수기가 끝난다. 그런데 비수기에 딱 맞춰 문을 열었으니 장사가 잘될 리 없었다. 다행히 2월부터 조금씩 손님이 늘었다. 강연 프로그램도 입소문을 타고 제법 알려졌다. 통영과 거제뿐만 아니라 창원과 진주, 멀리 대구에서도 찾아왔다. 이제 좀 자리를 잡나 싶었는데 코로나가 닥쳤다. 거짓말처럼 손님이 뚝 끊겼다. 몇 달만 버티면 끝날 줄 알았는데 1년이 홀쩍 지나가 버렸다. 그리고 이듬해 1월, 난 급성 심근경색으로 쓰러졌다.

with 밥장

꿈은 달콤해 보이지만
시고 씁쓸하지요.

꿈을 꾸는건 마치
다음날 숙취를 겪을걸
뻔히 알면서도
소주를 마시는 짓라
비슷합네요.

그럼에도
늘 축하듯 사는 분들을 보면
몹시 부럽습니다.

... 그래도 함부로
꿈을 강요하지 마세요.
억지로 술 마시라는 거랑
다를 바 없으니까요.

PART. 1

# 나이 오십에 살롱을 열다

꿈은 이루어진다.

하지만 몹시 비싸다.

비싸다고 다 좋은 건 아니지만

싸고 좋기란 훨씬 어려운 법이다.

코로나에도 불구하고 통영의 8월은 들떠 있었다. 바닷바람에 잔뜩 부푼 돛, 하얀 요트, 비치 의자에 드러누운 관광객들, 속까지 옥빛으로 물든 바다, 붉은 아가미를 드러내며 펄떡거리는 생선, 신호등을 기다리며 엔진 후드를 뜨겁게 달군 차들까지. 오랜만에 사람들로 흥이 돋았다. 9월이 되자 관광객들은 다시 마스크를 쓰고 도시로 돌아갔다. 통영도 바닷가 작은 도시로 되돌아왔다.

2019년 가을, 통영에 복합문화살롱을 열었다. 임대가 아닌 내 건물에 나만의 공간을 만들어 취향이 비슷한 사람들을 불러 모으고 싶었다. 서울은 부동산 가격이 너무 비싸 현실적으로 불가능했다. 지방을 돌아다니며 발품을 팔아 10년 만에 공간을 마련했다. 봉수골 〈전혁림 미술관〉과 〈봄날의 책방〉 옆에 있는, 마당이 딸린 2층 양옥이었다.

이 집은 통영 출신 화가인 김안영 작가가 1978년에 처음 지었다. 작가의 아내가 오래된 사진 한 장을 보여주었다. 한창 공사 중인 집의 모습이었다. 집 앞은 논이고, 뒤는 산이었는데, 집이라고 달랑 이 집 한 채뿐이었다. 그 뒤로 아이들을 낳고 키우면서 무려 40년을 살았다고 했다. 몇 해 전부터 작가는 몸이 좋지 않았다. 계단을 오르내리기 벅차고 휠체어를 타고도 대문까지 나가기가 어려웠다. 더구나 골목이 무척 좁아 차를 문 앞에 댈 수도 없었다. 병원 한 번 가는 것도 쉽지 않았다. 정원은 아예 손도 대지 못했다. 결국 집을 내놓고 아파트로 옮겼다.

통영 집값은 서울보다는 훨씬 싸다. 그래도 내게는 만만치 않은 액수였다. 그림을 그려 번 돈에 대출을 보태 겨우 잔금을 치렀다. 집을 사는 건 되레 쉬웠다. 문제는 그다음부터였다. 워낙 오래된 집이라 손 볼 데가 많았다. 또한 복합문화공간으로 만들려면 먼저 일반 주택을 상업 시설로 용도를 바꾸어야 했는데 절차가 꽤 복잡했다. 집을 헐어 새로 짓지 않고 옛 느낌을 살려 고치려 했더니 공사비도 만만치 않았

다. 오래된 주택은 한 마디로 돈을 빨아먹는 괴물이었다. 게다가 처음 하는 일이라 무엇부터 시작해야 하는지, 다음엔 뭘 해야 하고 어떤 걸 점검해야 하는지 전혀 몰랐다. 겨우 하나를 배우면 어김없이 새로운 일이 터졌다. 마치 〈완다와 거상〉(*일본의 소니 컴퓨터 엔터테인먼트(SCEI)에서 발행한 플레이스테이션 2용 액션 어드벤처 게임)처럼 괴물 한 마리를 때려잡으면 더 큰 거상이 나타나 덤벼들었다.

첫날부터 엉망이었다. 주택을 근린생활시설로 바꾸려면 먼저 지적도와 실제 집 크기가 같아야 한다. 그런데 측량을 해보니 뒷마당이 도로를 20에서 50센티미터까지 물고 있었다. 지적도에는 뒷마당과 산 사이에 도로가 있었지만, 실제로는 사람이 다니지 않아 잡초만 무성했다. 돈을 들여 다시 측량했지만 허사였다. 결국 지도에만 있는, 보이지 않는 도로를 따라 뒷마당을 잘라냈다. 창고와 화장실을 헐고 축대를 새로 지었다. 생각지도 못한 돈이 들었다.

그 뒤로 상하수도, 배관, 바닥, 전기, 방수, 목공까지 뭐 하나 쉽게 넘어가는 법이 없었다. 그때마다 따박따박 돈이 들었다. 처음 계획으로는 석 달 동안 바쁘게 공사하면 끝날 줄 알았다. 11월부터 시작해 이듬해 3월 오픈을 목표로 삼았다. 성수기에 맞춰 문을 열려고 했다. 하지만 7월 말이 되어서야 겨우 공사를 마쳤다. 공사는 끝났지만 이번엔 소방시설이 발목을 잡았다. 건축 사무소와 시청을 오가며 한 달 넘게 시간을 보냈다. 9월 중순이 되어서야 겨우 문을 열었다. 집을 살 때만 해도 무척 설레었다. 하지만 복잡한 절차, 마음 같지 않은 공사, 늘어지는 일정에 속이 시커멓게 탔다. 내가 결정한 일이라 더 고통스러웠다. 아름다운 꿈인지 무모한 욕심인지 헷갈렸다.

그림 그리기와 살롱 만들기 중에서 무엇이 더 어려웠을까? 당연히 살롱이다. 먼저 그림. 일러스트레이션은 15년 넘게 해온 터라 무척 익숙하다. 일하는 과정도 심플하다. 클라이언트로부터 의뢰를 받으면 견적서와 일정을 보낸다. 금액을 조정하고 계약서를 보내면 일단 준비는 끝난다. 클라이언트가 원하는 콘셉트와 취향에 맞춰 시안을 그린다. 몇 차례

수정하고 최종 파일을 보낸다. 그 뒤로 계좌번호와 사업자 등록증을 보내고 세금계산서를 발행하고 입금만 확인하면 모두 마무리된다.

반면에 살롱을 만드는 일은 자잘하면서 복잡했다. 전기 스위치나 콘센트 위치, 화장실 타일 색깔, 마루에 칠할 페인트, 에스프레소 잔, 원두 종류, 접시, 식재료들, 맥주잔까지 하나부터 열까지 내 손을 거쳐야 했다. 커피뿐만 아니라 탄산음료, 차, 맥주, 안주 레시피까지 섬세하게 다 짜야 했다.


그림은 한 달에 몇 점만 그려도 먹고살 만큼 번다. 프로젝트를 맡으면 꽤 큰 돈이 들어온다. 그런데 살롱에서 4천 원짜리 아메리카노로 목돈을 벌려면 하루에 수십 잔씩 팔아야 한다. 또한 그림은 아이패드로 그리고 디지털 파일로 납품하기 때문에 재료비가 거의 들지 않는다. 돈은 내 몸 하나 챙길 만큼은 충분히 남는다. 그런데 살롱은 원두, 우유, 설탕, 시럽, 코코아, 레몬, 자몽, 밀가루, 버터, 맥주, 안주거리까지 사야 할 게 한두 가지가 아니다. 게다가 전기료, 수도세, 방역비, 대출이자, 보험료, 노란우산공제에 직원 월급과

4대 보험까지 장사가 되든 안 되든 꼭 내야 할 돈도 참 많다.

2003년 첫 번째 사업자등록증을 받았고, 2019년 두 번째 사업자등록증을 받았다. 이제 그림과 살롱 모두 공식적인 직업이 되었다. 살롱 이름은 〈내성적싸롱호심〉이다. '호심'은 80년대까지 통영 시내에 있던 〈호심다방〉에서 따왔다. 용화사로 올라가는 큰길에서 살짝 들어간 뒤쪽 골목에 자리 잡아 왠지 수줍게 보여 '내성적'이란 말을 덧붙였다. 이름에 대한 유래를 액자에 넣어 복도에 걸어두었다.

"통영에는 오래전부터 '싸롱문화'가 있었습니다. 호심다방에서는 이중섭이 단체전을 열었고, 성림다방에서는 이중섭 첫 개인전이 열렸습니다. 시인은 시를 남겨 축하해 주었고 통영 유지들은 흔쾌히 그림을 사주었습니다. 문화와 예술이 살아 숨 쉬던 빛나는 순간들을 되살리려는 바람으로 2019년 9월 〈내성적싸롱호심〉을 열었습니다. 통영 시민들과 통영을 찾는 사람들이 사랑하는 새로운 호심다방으로 거듭나려고 합니다."

꿈은 이루어진다.

하지만 몹시 비싸다.

비싸다고 다 좋은 건 아니지만

싸고 좋기란 훨씬 어려운 법이다.

어쨌든 오랫동안 준비한 꿈을 나이 오십에 드디어 이뤘
다. 꿈은 포기하면 곧바로 드라이아이스처럼 증발하고 만
다. 하지만 현실이 되는 순간 자잘하지만 피할 수 없는 걱
정, 이를테면 직원 월급, 보험료, 월세 같은 것들이 쉴 새 없
이 밀려든다. 꿈을 이룬 대가는 절대 만만하지 않다.

# 대박은 무슨. 지겨움과 기다림만 있을 뿐

대박은 고사하고 얼마 못 버티고

망할 수도 있겠다 싶었다.

무척 초조했는데 어머니는 의외로

놀라지 않았다.

정식으로 살롱을 열기 전에 통영에 다른 카페들을 둘러보았다. 색다른 음료나 메뉴가 있는지, 생각하지 못한 서비스가 있는지, 또 손님들은 어떤지 궁금했다. 둘러보니 배울 점보다는 단점이 더 눈에 띄었다. ㄱ 카페는 의자와 테이블이 너무 저렴해 보였고, ㄴ 카페는 커피 맛이 아쉬웠다. ㄷ 카페는 사장님이 너무 퉁명스러웠다. 내 살롱만 한 곳이 없었다. 자신감이 생겼다. 게다가 좋은 소식도 들렸다. 통영에 새로운 가게가 생기면 사람들이 일단 가 본다는 거였다. '오픈빨'이 먹히는 동네였다.

통영은 일제강점기부터 돈이 넘쳤다. 어업과 양식업 그리고 조선업이 앞장섰고 일본으로부터 밀수가 뒤를 받쳤다. 지금은 예전만큼 못하지만, 씀씀이는 여전하다. 개성 있는 물건을 골라 나만의 만족을 느끼기보다는 유명 브랜드를 사서 드러내기를 더 좋아한다. 작은 도시여서 한 다리 건너면 다 알기에 인사치레로라도 한 번은 꼭 들러 팔아준다. 카드보다는 현찰로 계산하고 거스름돈을 건네도 손사래 친다. 경쟁 업체도 둘러봤고 호재도 있으니 문만 열면 되었다. '준비하느라 고생했어', '멋진 공간 만들었으니 이젠 우리가 잘 쓸게', '재미나게 놀 테니까 밥장은 돈이나 쓸어 담아'라며 다독거릴 줄 알았다. 통영에 제대로 된 문화공간이 생기기를 오랫동안 기다렸다며 살롱으로 몰려들 것 같았다.

첫날 매출은 8만 7천 원이었다.

그 뒤로도 매출은 제자리걸음이었다. 대박은 고사하고 얼마 못 버티고 망할 수도 있겠다 싶었다. 무척 초조했는데 어머니는 의외로 놀라지 않았다.

어머니는 대학을 졸업하고 고등학교 선생님으로 일했는데 결혼하면서 그만두었다. 아버지는 건설회사에 다녔는데, 결혼하기 훨씬 전인 중학교 때부터 도박에 빠져 있었다. 직급이 오르고 월급이 많아질수록 어머니에게 건네주는 생활비는 되레 줄었다. 나와 내 동생을 키우려면 어머니가 나서서 벌어야 했다. 어머니는 서울 변두리에 조그맣게 돼지목살집을 열었다. 지금 내 나이보다 훨씬 젊을 때였다. 처음에는 손님이 거의 없었다. 몇 달이 지나자 조금씩 손님이 늘었다. 음식이 맛있어서였는지, 서툴지만 애쓰는 모습이 안쓰러워서였는지 모르겠다. 한 번 온 손님이 가게를 다시 찾으며 하나둘씩 단골이 늘었다. 몇 달 뒤부터 재료비와 월급을 주고도 남을 만큼 벌었다.

어머니는 국수에 쓸 육수를 끓여야 한다며 새벽부터 출근했다. 휴일도 없었다. 변두리 뒷골목까지 애써 찾아온 손님들이 실망하게 할 수 없었기 때문이다. 육수를 끓이고 나면 단단하게 얼어붙은 돼지목살을 식칼로 힘겹게 썰고, 양념을 재우고 반찬을 준비했다. 저녁과 밤 장사까지 마치면 다 쓴 불판을 철 수세미로 일일이 닦았다. 하루도 쉬지 않으니 무리가 될 수밖에 없었다. 결국 어머니는 쓰러졌다. 자궁을 들어내는 수술을 받고 3개월 넘게 입원했다. 하루도 쉬

"석원아.
장사란 견디는 거야.
손님이 없어 심심하고
지켜워도 그냥 버티는 거야."


첫날 매출은
    육만 끼천원이었다.

지 않던 가게였지만 3개월 동안 문을 닫을 수밖에 없었다. 다행히 몸은 회복되었고 가게도 다시 열었다. 하지만 단골들은 다시 돌아오지 않았고, 몇 달 뒤 가게를 접었다. 가게는 결국 망했지만, 몇 년 동안 어머니가 하루도 쉬지 않고 돼지목살을 구운 덕분에 나와 내 동생은 무사히 대학을 졸업했다.

"석원아. 장사란 견디는 거야. 손님이 없어 심심하고 지겨워도 그냥 버티는 거야."

메뉴에 더 신경 쓰거나 원가를 잘 살펴보라고 했으면 금방 알아들었을 텐데 심심함을 견디라니 의외였다. 처음에는 예상보다 손님이 적어도 낙담하지 말라는 뜻인 줄 알았다. 그때 어머니가 말했던 심심함과 지겨움이 무슨 뜻인지 이제야 조금 알 것 같다.

한창 그림으로 먹고살 때는 클라이언트가 원하는 대로 그려서 돈을 벌었다. 그 돈으로 차도 사고 집도 샀다. 방송에 출연하고 멋진 사람들도 만나고 여행도 다녔다. 하고 싶은 일을 하면서 돈도 벌고 유명세까지 얻었으니 꽤 성공한 셈이다. 그렇다면 그림 문의나 의뢰를 받고 실제로 그림을 그려서 돈까지 받는 확률은 얼마나 되었을까? 대략 30퍼센트 남짓에 불과했다. 이 일에서 성공은 실패의 반대말이 아니었다. 성공과 실패를 분명히 나눌 수도 없었다. 그저 일이 좀 많거나 적거나 그 사이 어디쯤이었다. 성공은 상태보다 확률에 가까웠다.

정오에 살롱을 열면 하루에도 몇 번씩 입구를 쳐다본다. 창밖에 사람 그림자만 어른거려도 손님일까 싶어 바싹 긴장한다. 부산을 떤다고 없던 손님이 몰려오는 것도 아닌데 말이다. 손님이 없으면 단지 매상이 줄어드는 거로 그치지 않는다. 마음이 괴롭고 불안해진다. 이러다 망하는 게 아닐까 하는 생각이 든다. 그러다 문 여는 소리가 들리고 손님이 들어오면 반사적으로 입꼬리가 올라가며 걱정도 순식간에 사라진다.

손님들은 칭찬에 후하다. '고맙습니다', '맛있어요', '또 올게요'라며 기분 좋게 문을 나선다. 하지만 불만에는 인색하다. 음료가 너무 달거나 커피 향이 밋밋해도 뭐라고 하지 않는다. 그저 조용히 나가서 다시 오지 않는다. 그래서 음료라도 남기고 떠나면 다시 불안해진다. 내가 모르고 저지른 실수 때문에 불쾌했던 게 아닐까, 단골이라서 말은 못 했지만 쿠키가 별로였을까, 핫 쇼콜라가 너무 비쌌을까. 불길한 생각이 또 스멀스멀 피어오른다.

초조한 마음에 다른 가게들은 어떤지 인스타그램을 뒤져본다. '오늘 쿠키 많이 구웠는데 오전부터 찾아주셔서 솔드아웃이네요', '오늘도 꽉 채운 하루였어요. 재료 마감으로 일찍 문 닫습니다', '바빠서 일일이 챙겨드리지 못해 죄송합니다'라는 글들이 보인다. 손님들로 북적거리는 실내와 빈 접시를 찍은 사진 아래 감사하다는 글이 넘쳐난다. 부럽기도 하고 성질도 난다. 도대체 난 온종일 여기서 뭘 하고 있는 거지?

일을 마치고 나서도 여전히 찝찝하다. 그냥 집으로 가고 싶지 않다. 가까운 술집에 들러 맥주 한잔 홀짝거리며 애써 마음을 추스른다. 자영업자와 퇴근 후 술 한잔은 떼려야 뗄 수 없다. 손님이 없으면 괴로워서 한잔. 오랜만에 손님이 많으면 기뻐서 한잔이다.

우연히 복권에 당첨된 사람이 남겼다는 글을 보았다. '재능 있는 사람은 노력하는 사람을 이기지 못하고, 노력하는 사람은 얻어걸린 사람을 이기지 못한다.' 씁쓸하지만 틀린 말은 아니다. 대박이란 나 같이 얻어걸릴 일이 전혀 없는 자영업자에게 쓸 말은 아니다. 이 지옥 같은 일희일비에서만 벗어나도 충분히 성공한 게 아닐까 싶다.

# 전문성에도 유통기한이 있다

전문가로서 정점에 오르면

광속으로 달리는 우주선에 탄 기분이 든다.

내 생각과 판단은 빛처럼 빠른데

세상은 답답할 만큼 느리다.

하지만 정점을 지나 내리막길에 들어서면

느려 터진 세상이 조금씩 속도를 낸다.

1991년 대학교 3학년 때, 친구들이 하나둘씩 사병으로 입대하였다. 나는 장교가 되고 싶어서 학군사관후보생(ROTC)이 되었다. 다양한 과에서 72명이 모여 동기가 되었는데, 일주일에 두 번씩 학군단에 모여 네 시간씩 군사교육을 받았다. 학군단은 건물은 캠퍼스 귀퉁이에 빨간 벽돌로 지었는데 대학교보다는 군부대에나 어울릴 법한 건물이었다. 여름방학에는 4주 동안 군부대에 입소하여 군사훈련을 받았다.

학교와 부대에서 받는 정규 교육 외에 1년 선배들한테 얼차려를 받았다. 때로는 맞기도 했다. 발로 몸통을 차거나 주먹으로 가슴을 쳤다. 23살짜리 대학생이 교육이라는 명분을 앞세워 22살 먹은 대학생을 때렸다. 말도 안 되는 상황이었지만 그때는 당연하게 여겼다. 그저 지옥 같은 순간이 재빨리 지나가길 바랄 뿐이었다. 동기들은 학교를 졸업하고 소위로 임관한 뒤 각자 근무할 부대로 흩어졌다. 나 역시 26개월 동안 소위를 거쳐 중위로 복무했다. 나름대로 의미는 있었지만, 결코 다른 사람에게 권할 만한 경험은 못 되었다. 동기들하고는 여전히 친하다. 20대 초반에 별 거지 같은 일을 함께 겪어서인지 모르겠다. 전공도 다르고 취향도 다르다 보니 직장도 달랐다. 대기업 임직원, 자영업자, 항공기 조종사, 승무원, 중소기업 사장, 공무원, 교사, 교수에 작가까지 다양하다. 일 년에 한두 번씩은 꼭 만나 골뱅이와 치킨을 먹으며 맥주를 홀짝거렸다. 우리의 3, 40대는 그럭저럭 나쁘지 않게 흘러갔다.

몇 해 전에는 단톡방을 만들었다. 처음에는 경조사가 대부분이었는데 요즘 들어서 부쩍 세상 돌아가는 이야기를 자주 나눈다. 지금껏 마냥 바쁘다가 오십 줄에 접어드니 자의 반 타의 반 쉬는 시간이 많아진 듯하다. 가볍게 던진 성적인 유머는 가슴 큰 여자 사진(.gif)이나 지저분한 유흥 경험으로 빠졌다. 종교와 정치는 늘 편이 갈렸다. 논쟁이 다툼이 되고 감정싸움으로 번졌다. 몇 명이 삐져서 탈퇴했고 겨우 달래 다시 초대하는 웃지 못할 일도 겪었다. 몇 번 식겁한 뒤로 섹스, 종교, 정치 세 가지 주제는 퇴출당하였다. 요즘 들어서는 은퇴에 대해 자주 이야기를 나눈다. 다들 25년 넘게 일했으니 그럴 만도 하다. 줄곧 한 회사만 다닌 친구들도 꽤 있다. 코로나로 바뀐 일상과 이제껏 직장생활을 고려한다면 지금 당장 은퇴해도 어쩔 수 없다는 기분이 든다. 아직은 일할 나이라 2, 3년 아니 10년 뒤에 고민해도 충분할 줄 알았는데 말이다.

살롱 2층은 전 주인이 다실로 썼는데 스무 명이 모여 강의를 들을 수 있는 공간으로 바꿨다. 새로 카펫을 깔고 테이블과 의자를 놓았다. 프로젝터를 사고 스크린도 설치했다. 무선 마이크와 스피커도 달았다. 낮에도 프로젝터를 쓰려면 빛이 들어오지 않도록 창문에 암막을 달아야 했다. 커튼 집을 찾아봤는데 작은 도시라서 두세 군데 밖에 없었다. 그중 한 곳을 골라 연락했다. 나이 지긋한 어르신이 양손에 샘플 북을 들고 찾아왔다. 이 일을 한 지 얼마나 되었냐고 물었더니 통영에서만 30년 이상 했다며 자신 있게 대답했다. 왠지 믿음이 갔다. 가격도 깎지 않고 일을 맡겼다. 며칠 뒤 주문한 커튼을 설치하러 다시 왔다. 창틀 위쪽에 레일을 깔고 커튼에 핀을 꽂은 뒤 구멍에 하나씩 걸었다. 설치를 마쳤는데 뭔가 좀 이상했다. 자세히 보니까 핀을 꽂은 간격이 달랐고 몇 개는 빼먹기도 했다. 높이도 맞지 않아 커튼이 바닥에 끌렸다. 커튼을 걷어내 핀을 다 뽑고 간격을 맞춰 새로 끼운 다음 다시 걸었다.

전문가가 되려면 어떤 분야든 오래 해야 한다. 하지만 오래 했다고 모두 전문가는 아니다. 전문성에도 유통기한이 있다. 경력이 길고 화려하더라도 유통기한이 지나면 과감히 물러서야 한다. 물러날 때를 정확히 알고 재빨리 비켜주어야 한다. 그림을 그리는 일도 다를 바 없었다. 때맞춰 서울에서 물러나 통영으로 무게중심을 옮겼다.

일러스트레이션을 잘하려면 그림 그리는 기술, 예컨대 재료 다루는 방법이나 구도 잡는 법, 다양한 배색 기법만으로

전문가로서 정점에 오르면 관성으로 달리는 수직선에
탈 기쁜이다. 내 생각과 판단은 빛처럼 빠른데
세상은 답답할 만큼 느리다. 하지만 정점을 지나
내리막길에 들어서면 느려 터진 세상이 조금씩
속도를 낸다. 나이가 들수록 어린 전문가들이 많아질수록
가속도가 붙는다. 어느새 세상이 훨씬 빠르다.
남은 지식과 경험을 다 짜내 온 힘으로 달려나
겨우 따라간다. 만약 나도 모르게 라떼는 말이야
가 튀어나오면 유통기한이 다 된 것이다. 지식은
배울수 없지만 감각과 정서는 다르다. 배워서는
쉽게 메울수 없다. 왕년에 대한 기억과 미련은
버리고 어제와 다른 오늘 더 이상 전문가이기 이전
평범해진 나를 있는 그대로 받아들여야 한다.
은퇴가 가까울수록 장점은 줄고 단점은 늘어난다
체력이 나기면 력은 높은 신체능력이 떨어진다. 감각도
스타일도 뒤쳐진다. 애써 외면하거나 감추록 약점은
더 커진다. 차라리 있는 그대로 받아들이면 개성이
될 수도 있다. 서울을 떠나면서 더 이상 정점을 돌아보지
않기로 마음먹었다

는 부족하다. 동시대적 감각이 필요하다. 비슷한 세대, 같은 시대를 사는 사람들끼리 자연스럽게 공유하는 그 무엇이 담겨야 한다. 동시대적 감각이 곧 공감이다. 공감이 바탕이 되어야 비로소 그림이 눈에 들어온다. 그래야 일거리도 생기고 고객도 기꺼이 지갑을 연다.

전문가로서 정점에 오르면 광속으로 달리는 우주선에 탄 기분이 든다. 내 생각과 판단은 빛처럼 빠른데 세상은 답답할 만큼 느리다. 하지만 정점을 지나 내리막길에 들어서면 느려 터진 세상이 조금씩 속도를 낸다. 나이가 들수록, 어린 전문가들이 많아질수록 가속도가 붙는다. 어느새 세상이 훨씬 빠르다. 남은 지식과 경험을 다 짜내 온 힘으로 달려야 겨우 따라잡는다.

만약 나도 모르게 '라떼는 말이야'가 튀어나오면 유통기한이 다 된 것이다. 지식은 배울 수 있지만 감각이나 정서는 다르다. 배워서는 쉽게 메울 수 없다. 왕년에 대한 기억과 미련을 버리고 어제와 다른 오늘, 더 이상 전문가가 아닌 평범해진 나를 있는 그대로 받아들여야 한다.

은퇴가 가까울수록 장점은 줄고 단점은
늘어난다. 체력이나 기억력 같은 신체 능력이
떨어진다. 감각도 스타일도 뒤처진다. 애써 외면하거나 감출
수록 약점은 더 커진다. 차라리 있는 그대로 받아들이면 개
성이 될 수도 있다. 서울을 떠나면서 더 이상 정점을 돌아보
지 않기로 마음먹었다. 통영에 머물며 그저 앞과 옆을 둘러
보면서 천천히 걷는다. 또 다른 꼭대기를 바라보며 한 번 더
오르려고 애쓰고 싶지 않다. 그저 해질 때까지 갈 수 있는
데까지 걷고 싶다. 이제부터는 높이보다 거리, 목표보다는
범위가 더 먼저니까.

# 레벨이 높을수록 악당은 더 지랄맞다

일은 하면 할수록 더 어렵다.

비디오 게임처럼 한 레벨을 깨니까

더 세고 극악한 악당들이

쏟아져 나온다.

나는 리사이클일까? 업사이클일까?

중위로 군대를 제대하고 1996년 SK에 입사했다. 회사에 다니면서 꽤 많은 일을 배웠고, 열심히 일했다. 처음에는 무척 재미있었다. 파워포인트로 제안서를 만들고, 클라이언트를 만나 협상하고, 마케팅 전략도 세웠다. 야근이 늘어날수록 사회에서 제 몫을 하는 당당한 어른이 된 것 같았다. 시간이 흐를수록 제대로 대접받고 싶었다. 월급도 많이 받고 승진도 하고 싶었다. 그런데 능력 있고 성실하다고 다 대접받는 건 아니었다. 연봉이나 직급은 결코 성적순이 아니었다. 학교였다면 나보다 능력이 모자라고 게으른 사람들은 벌써 선생님께 따귀를 맞거나 잔소리를 들어야 했을 것이다. 하지만 회사는 학교와 달랐다. 무시는커녕 인정받는 일이 비일비재했다. 헷갈렸다. 퇴근하고 동료들과 어울려 소주를 홀짝거렸다. 술기운을 빌어 속내를 드러냈다. 알고 보니 나처럼 억울하게 여기는 동료들이 훨씬 많았다. 취할수록 목소리는 커지고 대화는 거칠어졌다.

"나보다 열심히 일했다면 어디 나와 보라고. 나 없어도 된다 이거지. 그럼 내가 나간다. 나중에 후회하지 말아라."

다음날 새벽에 벌떡 일어나 화장실로 달려갔다. 변기를 붙잡고 속을 비웠다. 술김에 뱉었던 말들까지 게워냈다. 얼른 입을 헹구고 넥타이를 맸다. 덜컹거리는 지하철에서 마른 침을 삼키며 쓰린 속을 달랬다. 여느 날과 다르지 않았다. 또다시 책상에 앉아 엑셀과 메일을 열었다. 다시는 술을 마시지 않겠다고 다짐했다. 하지만 이미 알고 있었다. 퇴근하면 똑같은 동료들과 똑같은 소주를 마시며 똑같은 푸념을 하겠지. 말은 그저 말일뿐, 바뀌는 건 아무것도 없었다.

회사는 나 없이도 잘 돌아간다. 처음부터 '나'를 원하지 않기 때문이다. 인격과 개성이 살아 있는 유일무이한 존재로서의 '나'까지는 필요 없었다. 그저 회사가 짜둔 업무나 절차에 그런대로 맞았기에 잠깐 머물 수 있었다.

왜 지금 여기서도 좌충우돌할까?
새로운 일을 맞닥뜨리면 쉽게 익숙해지지
않는 걸까?
긴 이력서는 도대체 어디에 필요한 걸까?

회사를 떠나면 난 어떻게 쓰일까?

리사이클일까? 업사이클일까?

　리사이클은 아직 남아 있는 용도를 찾아내 쓸 수 있는 데까지 쓰는 것이다. 업사이클은 애초 쓰임새와 전혀 다르게 쓰는 거다. 퇴사나 은퇴를 앞두면 아직 일할 수 있다며 무척 아쉬워한다. 조금 더 쥐어짜면 '리사이클' 할 수 있다고 여긴다. 아직 전문성도 살아 있고 조직 생활에도 꽤 익숙하다고 믿기 때문이다. 아쉽게도 평가는 냉정하다. 회사는 '나'란 인격이나 존재, 존재의 이유까지 들먹이며 돌봐줄 여력은 없다. 애초부터 리사이클 따위는 없었기에 다 쓴 배터리처럼 버려진다.

　직장인뿐만 아니다. 프리랜서나 자영업자도 마찬가지다. 나도 한때 서울에서 잘 나가던 일러스트레이터로서 클라이언트와 이야기 나누며 그림으로 뽑아내는 재주는 남아 있지만 예전만큼 잘 먹히지는 않는다. 남은 치약을 짜내듯이 유통기한을 늘릴 수도 있겠지만 연명치료나 다를 바 없다. '은퇴하세요. 제발'이라는 사망 선고를 받기 전에 미리, 자발적으로 서울에서 벗어났다.

통영에서는 여태껏 쓰임새와는 전혀 다르게, 내 힘으로 나를 '업사이클' 하고 싶었다. 내 몸 어딘가 숨어 있는 리셋 버튼을 찾아내 얇은 꼬챙이로 찌르고 싶었다. 클라이언트 대신 손님을 만나 맥주를 홀짝거리고, 그림을 그리는 대신 실컷 수다를 떨고 싶었다. 회사원, 프리랜서, 일러스트레이터, 여행작가로 살아온 경험을 바탕으로 몇 마디 조언도 해주고 싶었다.

그런데!

왜 지금 여기서도 좌충우돌할까?
새로운 일을 맞닥뜨리면 쉽게 익숙해지지 않는 걸까?
긴 이력서는 도대체 어디에 필요한 걸까?

블링크, 티핑 포인트, 보랏빛 소… 위대한 성공의 비밀을 들먹이며 세상을 꿰뚫어 보았다는 듯이 비법을 부르짖는 사람들을 보면 부럽다. 묻거나 따지지 않고 곧이곧대로 받아들이는 사람들은 더욱더 부럽다. 일은 하면 할수록 더 어렵다. 비디오 게임처럼 한 레벨을 깨니까 더 세고 극악한 악당들이 쏟아져 나온다.

나는 리사이클일까 업사이클일까?

# 꽃상여보다 머리맡에 한 송이 꽃을

내가 원하는 걸

알아서 대신해줄 사람은

지금도 앞으로도 없다.

꽃은 시들고, 나는 늙을 테고,

가족들은 더욱 무심해질 테니까.

～

"석원아. 오랜만이다."

누군가 현관에 걸린 발을 요란스럽게 걷어 올리며 살롱으로 들어왔다. ROTC 동기였다. 가장 최근에 본 게 10년 전이니 반가우면서 낯설었다. 코로나 때문에 석 달 넘게 출근하지 않고 있다가 문득 내 생각이 나서 불쑥 찾아왔다고 했다. 친구도 나처럼 중위로 제대한 뒤, 곧바로 항공사에 남자 승무원으로 입사했다. 지금까지 25년 넘게 다니고 있다. 그는 바에 앉아 맥주 두 병을 금세 비우고는 음료까지 더 주문했다. 회사, 일, 가족 그리고 말하면서 잊어버리는 부스러기 이야기들까지 꺼내 놓았다. 그는 남은 음료를 싹 비우고 나와 힘차게 악수를 나눈 뒤, 다시 발을 요란스럽게 걷어 올리며 살롱을 떠났다.

이틀 뒤, 친구가 쓴 편지와 함께 큼직한 스티로폼 박스가 도착하였다. 구깃구깃한 종이에 조금 과하다 싶을 만큼 큰 글씨로 눌러 쓴 편지의 내용은 이랬다.

'20년 전 애리조나로 비행 갔을 때 빈티지 숍에서 샀다. 50년이 넘은 물건인데 110볼트 전원에 연결하면 아직도 작동된다. 나보다 살롱에 더 필요할 것 같아 보낸다.'

박스 안에는 근사한 빈티지 선풍기가 들어 있었다. 친구는 언제 밥이나 한번 먹자는 빈말 대신 진짜 물건을 보냈다.


평생 독신이던 큰이모가 몇 년 전 돌아가셨다. 장례식장에 삼촌과 이모, 조카와 사촌이 오랜만에 모두 모였다. 이모는 항상 맞춤 양장을 입고 목덜미가 하얗게 보이게끔 뒷머리를 틀어 올렸다. 부산에서 약대를 졸업하고 줄곧 약사로 일했다. 서울에 오면 우리 집에 꼭 들렀다. 그때마다 내 나이에 어울리지 않게 큰돈을 용돈으로 쥐여주었다. 큰이모는 나이가 들면서 몸이 불편해졌는데, 같은 아파트에 사는 막내 이모가 자주 챙겼다. 큰이모는 더 나이가 들면서 기억력도 희미해졌다. 자주 넘어졌다. 언젠가는 무슨 바람이 들었는지 동생들에게 불쑥 명품 가방을 하나씩 선물했다. 막내 이모에게는 자신이 죽으면 꼭 화장하고 관은 꽃으로 가득 채워달라고 부탁했다고 한다.

농담 반 진담 반이라고 생각했는데, 큰이모는 몇 달 뒤 돌아가셨다. 농담이 유언이 되었지만, 꽃으로 덮인 관은 없었다. 염한 시신은 나무 관에 담긴 채 그대로 가스 가마에 들어갔다. 몇 시간 뒤 가마가 다시 열렸고 마스크를 쓴 직원들이 뻣뻣한 솔로 유골을 세심하게 쓸어 담았다. 맞춤 양장, 하얀 목덜미, 두툼한 지갑 대신 하얀 골반뼈와 자잘한 조각들만 남았다. 수습한 유골은 다시 곱게 빻았다. 짙은 회색 가루가 스테인리스 절구에 담겨 있었다. 직원은 빠른 손놀림으로 흰 종이에 가루를 쓸어 담아 솜씨 좋게 싸맸다. 마치 한약 한 첩 같았다. 유골함은 큰삼촌이 받았다. 처음에는 납

골당에 모시려고 했지만 돌봐줄 자식이 없어 결국 버리기로 했다. 가족들은 큰삼촌을 따라 화장터 뒤뜰로 갔다. 제단으로 가기 위해 대리석 계단을 올랐다. 대리석으로 만든 제단 가운데에는 구멍이 뚫려 있었고, 구멍 안쪽으로 포대 자루가 걸려 있었다. 제단 아래의 돌 서랍을 열면 꽉 찬 자루를 갈아낄 수 있도록 만든 구조였다. 한 줄로 서서 차례대로 한 줌씩 버리기로 했다. 먼저 큰삼촌이 나섰다. '누나. 고생만 하다가 가네요. 이제 다 끝났으니 편하게 지내세요.' 유골함을 열고 유골을 한 움큼 집었다.

"아이코, 뜨거버라!"

뜨거운 감자를 손에 쥐고 있는 것 마냥 호들갑을 떨다가 얼른 구멍에 던졌다. 큰삼촌을 보고 이모들은 조금씩 집어서 얼른 버렸다. 내 차례였다. 진짜 맨손으로 쥐기 어려울 만큼 뜨거웠다. 구멍에 버리고 나서 손끝을 호호 불었다.

꽃을 사랑했다면
유언이 없어도
관 위에 꽃 한송이씩은
놓아줄테고.

큰이모가 남긴 부탁이 마음에 걸렸는지, 작은 이모는 관에 꽃다발이라도 올리려고 했다. 하지만 장례식장 직원이 화장할 때 이물질이 섞이면 유골이 깨끗하지 않다, 꽃다발 아래 스펀지가 타면서 엉겨 붙을 수 있다며 말렸다. 큰이모가 원하던 꽃상여는 고사하고 꽃다발마저 없었다. 가수 조영남은 장례식에 절대 〈화개장터〉만큼은 틀지 말라고 부탁했다고 한다. 사실 죽고 나서 〈화개장터〉를 틀든 꽃으로 관을 덮든 무슨 소용이 있을까. 큰이모가 살아 있을 때도 꽃을 좋아했냐고 작은이모에 물었다. 이모는 집에 가면 꽃병 하나 없었다며 심드렁하게 대꾸했다.

큰이모가 꽃을 진짜 좋아했다면 살아서 집 안을 꽃으로 가득 채웠을 거다. 유언이 없어도 그토록 꽃을 사랑하던 큰이모를 위해 동생들이 알아서 관 위에 꽃 한 송이씩은 놓았을 테고. 내가 원하는 걸 알아서 대신해줄 사람은 지금도 앞으로도 없다. 꽃은 시들고, 나는 늙을 테고, 가족들은 더욱 무심해질 테니까. 나와 나를 아는 모든 사람도 점점 과거로, 더 먼 과거로 하나둘씩 사라질 테니까.

# 기림사에서 빈 마음으로 가득 채우다

봄날 경주에 와본 적 있습니까?

수학여행 빼고 없다고요?

무척 안타깝네요.

여름이 오기 전에 서두르세요.

경주에 머무른 봄은

결코 오래 기다려주지 않으니까요.

템플스테이에 초대한다는 메일을 받고 잠시 고민했다. 나는 꽤 오랫동안 교회에 다녔다. 미션스쿨인 중학교, 고등학교를 나왔고 세례도 받았다. 한창 성령의 은사로 충만했는지 아버지에게 제사 따위 그만 지내자며 당당하게 대들었다. 아버지는 고등학교 때 어머니와 헤어진 뒤로 본 적이 없다. 그래도 어머니는 전 남편의 어머니, 아버지 기일마다 꼬박꼬박 제사상을 차렸다. 나는 마지못해 흰밥에 숟가락을 꽂고 향 위로 술잔을 돌렸다. 어머니와 상의한 끝에 작년부터 더 이상 모시지 않는다. 만약 할아버지와 할머니의 혼이 있다면 50년 동안 아들 대신 상을 차려준 며느리에게 먼저 그만 하라고 부탁하지 않았을까 싶었다.

어쨌든 종교심이라고는 눈곱만큼도 없는 내게 절에서 하룻밤 묵어보라는 제안은 되레 신선했다. 한데 두 가지가 마음에 걸렸다. TV나 유튜브에서 템플스테이 하는 걸 보면 전

허 동의할 수 없는 옷을 걸치고 땀을 뻘뻘 흘려가며 108배를 한다. 마치 예능 프로그램에서 출연자가 무슨 공식처럼 물에 뛰어들거나 여행 프로그램에서 커다란 물고기를 낚아 올리는 것처럼 말이다. 담당자는 빼곡한 체험형 대신 여유롭게 즐기는 휴식형으로 마련했다며 날 안심시켰다. 옷은 개량한복과 고무신 대신 가볍게 회색 조끼만 걸치는 거로 합의를 봤다. 또 하나, 절은 대부분 산자락에 자리 잡아 꽤 힘들게 걸어 올라가야 한다. 십여 년 전 등산학교에 다니면서 암벽등반을 배웠다. 도봉산 선인봉 꼭대기까지 암벽을 타고 올랐다. 무섭고 힘들었다. 그 뒤로 내게 산이란 그저 멀리서 바라보는 곳이었다. 이번에 묵을 경주 기림사는 평지에 자리 잡은 절이라고 귀띔해 주었다. 그렇다면 오케이. 생애 첫 템플스테이는 이렇게 시작되었다.

봄날 경주에 와본 적 있습니까?
수학여행 빼고 없다고요? 무척 안타깝네요.
여름이 오기 전에 서두르세요.
경주에 머무른 봄은 결코 오래 기다려주지 않으니까요.

경주 버스터미널에서 기림사까지는 차로 1시간이 채 걸리지 않는다. 골굴사를 지나 기림사로 가는 기림로는 대종천으로 이어지는 실개천을 따라 구불거렸다. 미리 핀 벚꽃은 벌써 물 위에 내려앉았다. 차에서 내려 걸어가니 바로 일주문이었다. 무척 얕은 언덕이라 어르신들도 그리 힘들이지 않고 걸어 올랐다. 경내는 낮은 산으로 둘러싸인 채 맑은 시내가 곁으로 흘렀다. 오래된 목조 건물들은 발목 높이밖에 되지 않는 낮은 기단 위에 나직이 앉아 있었다. 시옷 자 모양으로 소박한 맞배지붕 아래 단청은 몹시 바래 희미했다. 건물 사이로 수선화와 모란, 동백과 벚꽃이 가득했다. 맑은 샘물이 곳곳에 솟았고 작은 개울이 구석구석까지 흘렀다. 알고 보니 기림사는 맑은 물과 품질 좋은 차로 신라 시대부터 유명했다. 약사전에는 차를 공양하는 헌다벽화가 있는데, 이를 근거로 기림사를 신라 차 문화의 원류로 여기기도 한다. 마음 놓고 두 손으로 샘물을 떠서 마셨다. 저녁에 마시려고 텀블러도 꽉 채웠다.

하룻밤 묵을 방은 무척 아담했다. 옷걸이와 이불, 작은

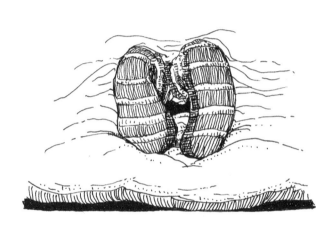

책상이 전부였다. 바닥은 얼마 전까지 전기패널이었는데 화목 보일러로 바꿨다. 왠지 건강하게 후끈거릴 듯했다. 휴식형으로 머무르는 거라 오후 내내 딱히 할 일이 없었다. 가만히 툇마루에 앉아 장독과 파란 하늘을 번갈아 보았다. 잊을 만하면 새들이 울어 심심하지 않았다. 그러다 보니 저녁 공양 시간이었다. 절에서 먹는 첫 끼라 내심 기대했다. 스님과 마주 앉아 반질거리는 나무 그릇을 꺼내 무릎 꿇고 조용히 먹을 줄 알았다. 단무지로 그릇을 닦고 깨끗이 삼킬 각오도 했다. 그런데 공양간은 여느 식당과 다르지 않았다. 솜씨 좋은 어머니들이 차린 밥과 반찬을 양껏 덜어 먹었다. 메뉴는 산나물과 볶은 김치, 버섯을 넣어 끓인 미역국이었다. 밤이 길 것 같아 한 그릇 더 먹었다. 어머니들도 많이 먹으라며 참외까지 챙겨주었다. 맛있어서 밥 한 톨 남기지 않았다.

심심하면 애써 재미난 걸 찾기 마련이다. 법고와 범종, 목어와 운판을 치는 걸 보러 종루에 갔다. 저녁 공양 전에 우연히 마주친 스님이 범종을 맡았다. 밤에 꽤 출출할 거라며 누룽지 과자를 조용히 건넨 분이었다. 키도 크고 잘 생겼는데 이마에 반창고를 붙였다. 통통 튀듯 걷는 모습까지 (스님한테 할 소리는 아니지만) 몹시 귀여우셨습니다, 스님. 이제껏 머릿속으로 떠올린 스님보다 기림사에서 실제로 만난 스님이 훨씬 살가웠다. '반창고' 스님이 범종을 한번 쳐보겠냐며 선뜻 자리를 내주었다. 당좌를 겨냥해 당목에 반동을 준 뒤 조심스레 종을 때렸다. 생각보다 크고 길게 울렸다. 범종과 법고, 목어와 운판이 차례로 울렸다. 스님들은 세상에 태어난 모든 동물과 사람, 천인과 영혼, 심지어 박테리아까지 모두 해탈하기를 바라며 살뜰히 챙겼다.

스스로 '블루스카이'라고 소개한 청공스님은 절은 마음을 가리키는 손가락이다, 그저 마음공부를 돕는 장치로 여기면 된다고 하였다. 마음이 쉬어지면 그만이니 저녁예불에 와도 좋고 안 와도 괜찮다고 하였다. 강요하지 않으니 더 끌렸다. 대적광전에서 변하지 않은 마음자리, 진리를 표현한 비로자나불을 마주 보았다. 스님이 하는 대로 곁눈질하며 큰절을 올렸다. 숙소로 돌아와 다시 툇마루에 앉았다. 어둠이 내린 밤까지 절에 머문 건 처음이었다. 가로등 아래 하얀 꽃잎은 더욱 반짝거렸다.

새벽 4시 예불도 안 가도 괜찮았다. 하지만 빗질 자국이 선명한 마당을 가로질러 비로자나불을 다시 찾았다. 모든 스님이 나직하게 염불을 외웠다. 스님 뒤에 자리 잡고 절을 하였다. 그런데 한 스님의 양말이 유독 눈에 띄었다. 줄무늬 양말이었다. 순간 비로자나불과 스님 그리고 기림사가 한꺼번에 마음속으로 들어왔다. 재빨리 펜을 들어 뒷모습을 그렸다.


아침 공양을 마치고 블루스카이 스님과 용연폭포까지 산책했다. 낮은 산과 논길 사이로 소박하게 구부러진 흙길이었다. 전봇대도 없고 차도 없었다. 그저 봄날만 가득했다. 산책을 마치고 스님과 차를 마시며 템플스테이를 마무리했다. 처음 약속한 대로 아무것도 하지 않아도 되었다. 그저 하룻밤 절에 머물렀을 뿐이다. 그런데 빈 마음으로 가득 채워서 돌아왔다. 템플스테이가 원래 이런 건지 기림사가 특별한 건지 아니면 내가 이상한 건지 잘 모르겠다. 마음을 가리키는 손가락과 왼손을 오른손으로 감싼 비로자나불이 맴돌이하듯 오래도록 울렸다.

# 멸종이 영생보다 마음 편하다

이 작고 희미한 점 속에서

세상의 모든 생명이 태어나고

죽고 멸종되었다.

인간들도 여기서 태어나고 죽으면서

영원을 꿈꾸었다.

천문학자 이명현 박사와 인연은 몇 년을 거슬러 올라간다. KBS 교양 프로그램 〈다빈치노트〉에 출연하면서 진화학자 장대익 교수를 처음 만났다. 나이도 같고 키도 비슷해 금방 친해졌다. 촬영이 끝나면 어김없이 소주를 홀짝거렸다.

어느 날, 장 교수가 멋진 선배가 있다면서 술자리로 누군가를 불렀다. 큰 키에 덥수룩한 수염, 머리카락을 허리까지 기른 한 남자가 나타났다. '러브 앤 피스'가 새겨진 티셔츠만 걸쳤다면 영락없는 히피였다. 그는 서글서글한 눈빛과 사람 좋은 미소가 무척 인상적이었는데, 네덜란드에서 박사 학위를 받고 한국으로 돌아왔다고 했다. 대학 강단에도 잠깐 있었지만 곧 프리랜서 천문학자가 되었고, 우주에서 지적 생명체를 찾는 세티(SETI) 프로젝트를 맡았다. 꾸준히 책과 칼럼을 쓰고 대중 강의를 하면서 일반인들이 과학과 좀 더 친해질 수 있도록 애쓰고 있었는데, 마침 장 교수와 몇몇 과학자

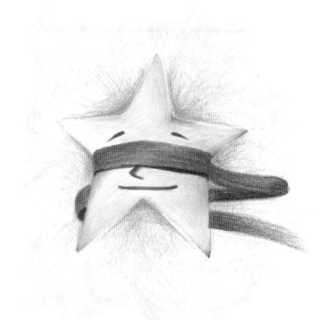

복음과 믿음, 천국과
영원한 생명에 대한 약속 없이도...

들이 모여 삼청동에 과학책방을 준비하고 있었다. 게다가 그는 나의 고등학교 선배였다.

어릴 적 나의 꿈은 과학자였다. 초등학교 5학년 때 KBS 어린이 퀴즈 프로그램에 출연했다. 3연승을 하면 천체망원경을 선물로 주었는데, 기어코 3연승을 했다. 권투 선수 김철호가 세계 챔피언이 되던 날이었다. 천체망원경을 연립주택 마당에 설치하고 동네 친구들과 함께 달을 보았다. 분화구가 선명히 보였다. 어른이 되면 더 큰 망원경으로 더 멀리 떨어진 별을 보겠다고 마음먹었다. 칼 세이건이 나온 TV 다큐멘터리 〈코스모스〉도 빠짐없이 보았다. 책도 읽었다. 지금은 그림으로 먹고살지만 우주와 별에 대한 꿈은 여전하다. 과학자는 아니지만 과학자들과 친구는 될 수 있을 것 같았다. 기쁜 마음으로 과학책방 주주가 되었다.

2017년 여름, 통영에서 〈통영, 과학자를 만나다〉라는 강연 프로그램을 시작했다. 과학책방을 열기 전이었다. 통영 시민들에게 '과학'과 '과학자와 만남'이라는 새로운 경험을 전

해주고 싶었다. 카페를 빌려 한 달에 한 번 과학자를 초대했다. 이명현 박사를 비롯하여 장대익 교수, 물고기 박사 황선도, 생명과학자 김성호, 물리학자 이강영, 천체사진작가 황인준, 물리학자 김범준, 과학저술가 이지유, 서울시립과학관 이정모 관장이 흔쾌히 통영까지 와주었다.

2019년 가을 살롱을 오픈한 뒤로는 줄곧 살롱에서 프로그램을 열었다. 이명현 박사가 다시 찾아왔다. '창백한 푸른 점' 사진 30주년을 기념하는 강의였다. 1977년에 발사된 보이저 1호는 1990년 카메라를 돌려 태양계 행성들을 찍었다. 지구도 찍었는데 61억 킬로미터나 떨어져 있어서 불과 한 픽셀도 되지 않았다. 이 작고 희미한 점 속에서 세상의 모든 생명이 태어나고 죽고 멸종되었다. 인간들도 여기서 태어나고 죽으면서 영원을 꿈꾸었다. 마당에 누워 까만 밤하늘을 보았다.

'우주에는 스냅숏(snapshot)이 없다.'

통영에 처음 집을 샀을 때 출발한 별빛과 오스트랄로피테쿠스가 나무에서 내려와 처음 두 발로 걷는 순간에 출발한 별빛이 똑같이 반짝거렸다.

이 박사와 내가 다닌 고등학교는 미션 스쿨이었다. 학교에 갈 때마다 작은 신약성서와 찬송가는 꼭 챙겨야 했다. 아침마다 선생님이 학생들을 위해 기도했고, 일주일에 한 번씩 강당에 모여 예배를 드렸다. 중학교 때 세례를 받았고, 대학에 다니면서 유치부 보조 선생님을 맡기도 했다. 지금은 교회에 다니지 않는다. 만약 하나님이 계시다면 일요일마다 교회에서 예배드리는지, 십일조는 어김없이 내는지 확인할 만큼 쪼잔하지 않을 거라고 믿기 때문이다.

하나님을 만나려면 신앙이 있어야 하지만, 천문학자를 만나려면 점심 먹자고 연락하면 된다. 이 박사는 삼청동에 과학책방을 열고 대표를 맡았다. 분기별 매출이 시원치 않고 적자가 늘어도 그다지 흔들리지 않았다. 어디서 그런 여유가 나오는지, 혹시 몰래 숨겨둔 돈이라도 있는지 궁금했다.

그는 내 질문에 천문학자는 억 년 단위로 우주를 보기 때문이라며 점잖게 대꾸했다. 지구는 45억 년 전, 우주는 150억 년 전에 태어났다. 지구에서 가장 가까운 행성계인 알파 센타우리(Alpha Centauri)까지 빛의 속도로 가도 4년 반이나 걸린다. 또한 모든 인간은 죽을 수밖에 없고 인류도 다른 종처럼 결국 멸종할 것이다. 게다가 요즘 인간이 하는 짓을 보면 좀 더 빨라질 것 같다고 덧붙였다. 우주적인 스케일로 시간을 보내고 죽음과 멸종을 당연히 여기는 사람 앞에 분기별 적자 따위가 눈에 들어올 리 없었다. 처음에는 좀 어이없었지만, 딱히 반박할 수도 없었다.

요즘도 장 교수와 가끔 만나 맥주를 마신다. 그는 진화가 어떤 의미인지 간단히 설명해 주었다. 너와 나는 우주라는 거대한 공간과 시간에서 말도 안 되는 우연들이 겹쳐 태어났다. 멸종은 고사하고 아예 존재하지 않을 확률이 훨씬 더 높았다. 그럼에도 우린 지금 여기에 살아 있다. 심지어 이렇게 만나서 수다를 떨며 맥주도 마신다.

과학자 친구들은 내게 별과 우주, 진화를 알려주었다. 덕분에 복음과 믿음, 천국과 영원한 생명에 대한 약속 없이도 마음이 놓인다. 우리가 지금 여기 살아 있다는 사실 하나만으로 충분한 기적이고 대단한 의미니까 말이다. 오늘 밤도 먼 시간을 건너온 별빛으로 가득한 밤하늘을 기다려본다.

# 책을 버리고 거리로 나서다

서재는 내 오랜 꿈이었다.

손이 닿을 수 없는 높이까지

책을 가득 꽂아두고 싶었다.

그 안에 틀어박혀

종일 책만 읽고 싶었다.

통영에 오기 전 서울 집과 작업실에 쌓아둔 책을 모두 완주군 중앙도서관에 기증했다. 정리하다 보니 버릴 책도 많았다. 대부분 한물간 정보로 못 쓰는 종이 뭉치에 불과했다. 폐지를 수거하는 아저씨에게 부탁해 겨우 버렸다. 살아남은 책들은 전문가 손에 맡겼다. 이사 업체에 물어보니 책만 다루는 팀이 따로 있었다. 책은 골치 아픈 이삿짐이다. 보기보다 무겁고 비나 물에 닿으면 안 된다. 함부로 묶으면 끈에 눌려 망가진다. 업체에서 전문가답게 지붕 있는 트럭에 단단한 바구니를 가득 싣고 왔다. 그들은 책을 끈으로 묶는 대신 바구니에 차곡차곡 담은 뒤 수레에 실어 천천히 옮겼다. 집과 작업실을 오가며 2시간 만에 다 실었다. 20년 넘게 모은 책을 싣고 트럭은 완주로 떠났다. 트럭의 뒷모습이 사라질 때까지 크게 손 흔들며 울먹거릴 줄 알았는데, 몹시 개운했다. 의외였다. 덕분에 집과 작업실이 무척 넓어졌다. 책 없는 책꽂이는 볼품없었다. 고등학교 2학년 때 산 첫 번째 책꽂이만 남기고 다 버렸다.

서재는 내 오랜 꿈이었다. 벽마다 손이 닿을 수 없는 높이까지 책을 가득 꽂아두고 싶었다. 그 안에 틀어박혀 종일 책만 읽고 싶었다. 그런데 책만 가지고 서재를 만들 수는 없었다. 서재는 부동산이었다. 부지런히 돈을 모아 동네에 작은 상가 1층을 샀다. 20제곱미터 밖에 되지 않았지만, 높이는 4미터가 넘었다. 천장까지 선반을 매달고 책을 꽂았다. 드디어 꿈을 이뤘다. 그리고 3년 뒤 스스로 서재를 없앴다. 멕시코 여행을 다녀온 뒤였다.

멕시코는 처음이었다. 멕시코시티에서 지하철을 탔다. 그곳이 소매치기로 악명이 높은 곳인 줄은 전혀 몰랐다. 멕시코 사람들조차 가방을 가슴에 꼭 끌어안고 탄다는 사실도. 게다가 동양인이 드물어 나는 금방 눈에 띄었다. 아무것도 모른 채 지하철을 기다리며 2개월밖에 되지 않은 최신형 스마트폰을 만지작거렸다. 문이 열리고 지하철을 타려는 순간

안에 있던 누군가 날 세게 밀었다. 밀려나지 않으려고 안쪽으로 힘을 주었다. 문이 닫히자 날 밀어내던 녀석은 출입문을 억지로 열고 뛰어내렸다. 무슨 일인가 싶었는데 스마트폰이 없어졌다. 몸이 떠밀려 당황하는 사이 주머니 속 스마트폰을 꺼낸 뒤 냅다 도망친 것이다. 멕시코에 온 지 사흘 만에 보기 좋게 털렸다. 여행 일정은 아직 한 달이나 남았는데, 앞으로 어떻게 연락하고 정보를 찾고 페이스북과 인스타그램과 블로그에 사진을 올릴지 막막했다. 너무 화가 나 다때려치우고 돌아가고 싶었다.

2주 뒤에는 카메라도 털렸다. 푸에블라에 사는 친구를 만났다. 해 질 무렵 공원 주차장에 차를 세웠다. 혹시 몰라 카메라는 뒷좌석 아래 안쪽 깊숙이 숨겨두었다. 잠깐 산책하고 돌아왔는데, 우리 차 유리창만 박살 나 있었다. 유리창을 깨고 카메라를 훔쳐 간 것이다. 몇 년 동안 세계 곳곳을 함께 다니며 좋은 사진을 찍어준 녀석이라 애착이 많았다. 화가 날 법도 했지만 괜한 오기가 생겼다. 그깟 스마트폰이나 카메라가 없다고 나의 여행까지 없어지지 않는다. 이미

벌어진 일이야 어쩔 수 없다. 남은 날이나 잘 챙겨 보자. 이렇게 마음먹으니까 훨씬 편했다. 숙소에 돌아와서 스마트폰과 카메라 대신 몰스킨 노트를 펼쳤다. 펜을 꾹꾹 눌러 글을 쓰고 그림을 그렸다. 매일 밤 나 홀로 책상에 앉아 나만의 책을 쓰고 그렸다. 그리고 하나뿐인 독자인 나에게 소리를 내어 읽어주었다. 다 털린 덕택에 이야기는 더욱 풍성해졌다.

　이미 읽은 책으로 가득 찬 서재는 추모공원이나 다를 바 없다. 다시 꺼내 읽으면 부활하지만, 무척 드문 일이다. 아무리 서재를 없애도 책은 다시 쌓이기 마련이다. 남겨둔 책꽂이에 책이 다 차면 또 기부할 생각이다. 기부하기로 마음먹은 뒤로 책을 깨끗하게 읽는다. 연필로 줄을 긋거나, 빈 곳에 메모하거나, 끄트머리를 접지 않는다. 지금 읽고 있는 책, 나한테는 죽어가는 책을 살려줄 또 다른 독자를 위해서다.

# 은퇴 뒤 삶을 예술가에게 배우다

버티기야말로 예술가들이 가진

거의 유일한 덕목이다.

감수성과 다른 사람들의 평가에

좀처럼 흔들리지 않는 뻔뻔함까지.

이런 친구가 곁에 있다면,

특히 은퇴를 앞두고 있다면

더욱 든든하지 않을까.

～

통영에서는 호심 '마담'으로 알려졌지만 내 '본캐'는 여전히 일러스트레이터다. 그림은 예술이지만, 그림 그리기는 엄연히 육체노동이다. 하루에 일고여덟 시간씩 꼼짝없이 아이패드를 끼고 쪼그리고 앉아 수천 번씩 선을 그리고 색을 채운다. 파인아트(fine arts), 순수회화 작가도 크게 다르지 않다. 나처럼 먼저 부탁받고 금액을 미리 정한 다음 그리지 않을 뿐이다.

주변에 아는 작가나 예술가가 있다면 요즘 새로운 작품을 구상하고 있다는 소리를 들어본 적이 있을 것이다. 진짜일 수도 아닐 수도 있다. 만약 영화감독이라면 둘 중 하나다. 영화를 찍고 있거나 시나리오를 검토하거나. 한마디로 지금 돈을 벌거나 아니면 쉬고 있다는 뜻이다. 그러니 어떤 시나리오인지 묻기보다는 조용히 식당으로 데려가 든든하게 한 끼 대접해 주시길 바란다.

오십이 넘으니 (병원에서 정확히 재보지는 않았지만) 남성 호르몬은 확실히 줄어든 듯하다. 음악을 듣거나 드라마를 보면 슬프지도 않은데 괜히 눈물이 난다. 다른 사람이 뭐라든 별로 신경 쓰지 않았는데, 요즘엔 꼭 그렇지도 않다. 작은 핀잔에 예민해지고 한번 삐지면 꽤 오래 간다. 사과하거나 잘못을 인정하는 대신 어떻게든 내가 옳다고 변명하려 든다. 갈수록 말만 길어지고 재미도 없어진다. 기억력도 나빠졌다. 재미난 이야기랍시고 한참 떠들었는데 어째 반응이 이상하다 싶으면 '그거 지난번에 했던 이야기잖아요'라는 소리 듣는다. 난 분명히 처음 꺼낸 이야기라고 생각하는데도 말이다. 그래서 요즘에는 처음이라고 확신해도 먼저 물어본 다음에 이야기를 꺼낸다. (놀랍게도 했던 이야기라고 대꾸하는 경우가 훨씬 많다.) 오랜만에 또래 친구를 만나면 물렁해진 모습을 들키지 않으려고 더 세게 말하거나 허세를 떤다. 자칫 정치나 종교로 빠지면 걷잡을 수 없다. 별것 아닌데 핏대를 세우고 말다툼으로 번진다. 감수성이 메말랐는지 회로

가 망가져서 제멋대로인 건지 아니면 둘 다인지 모르겠다.

　회사에는 정년이 있지만 나 같은 프리랜서에게는 딱히 정해놓은 정년은 없다. 그래도 오십이 되면 은퇴를 떠올리지 않을 수 없다. 일단 돈 걱정부터 앞선다. 돈이 없으면 무척 골치 아프다. 그렇다고 돈으로 다 해결되는 것도 아니다. 퇴사나 은퇴를 하면 직장 동료들부터 단숨에 떨어져 나간다. 도와줄 거라고 믿었던 인맥도 힘없이 말라버린다. 든든하게 여기던 아내와 아들, 딸조차 멀어질 수 있다. 나의 세상은 힘없이 쪼그라들고 '내'가 나의 유일한 친구로 남는다. 김정운 교수의 말처럼 '고독력', 혼자 버틸 수 있는 힘이 절실히 필요한 때가 찾아온다.

　은퇴를 앞두고 있다면 예술가를 친구로 사귀어 보라고 권하고 싶다. 무엇보다 감수성을 되살리는 데 무척 도움이 된다. 감수성이란 사람과 사물과 날씨와 지구와 공감하는 순간이다. 예술가는 공감하는 작은 순간들을 모아 성능 좋은 앰프 마냥 크게 키워서 되돌려준다.

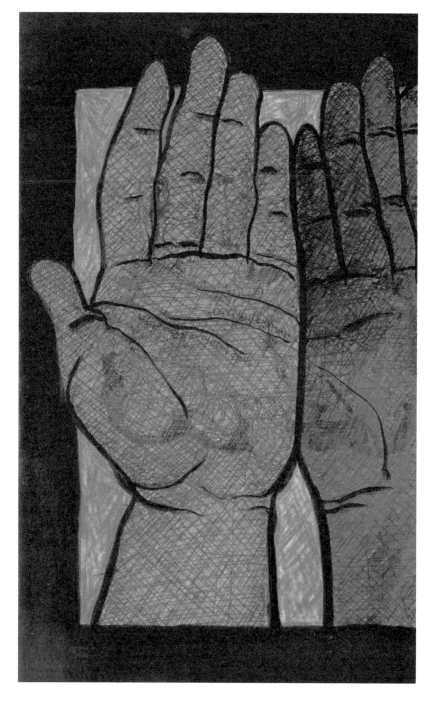

사업하는 사람이 큰돈을 벌지 못하면 실패했다고 하지만, 예술가는 조금 다르다. 작품이 팔리지 않아도 예술이고 큰돈을 벌지 못해도 여전히 예술가다. 서둘러 포기하지 않는 한 아무도 뭐라고 하지 않는다. 돈을 못 벌어 생계마저 어려우면 계속해야 하나 말아야 하나 흔들리기도 하지만, 내가 아는 한 대부분 그럭저럭 잘 버틴다. 버티기야말로 예술가들이 가진 거의 유일한 덕목이니 말이다. 감수성과 다른 사람들의 평가에 좀처럼 흔들리지 않는 뻔뻔함 그리고 버티기까지. 이런 자세로 사는 친구가 곁에 있다면, 특히 은퇴를 앞두고 있다면 더욱 든든하지 않을까. 주위를 한번 둘러보면 의외로 가까운 곳에 예술가들이 살고 있다. 예술가들이라고 작업실에만 붙어 있거나 무슨 예술촌에만 모여 살지 않는다.

예술가와 한 번도 만나본 적 없는 분들을 중요한 팁을 알려드린다. 그들이 어떤 족속인지 알면 쉽게 사귈 수 있다. 예술가들은 예외 없이 '소통'을 가장 중요하게 여긴다. 쉽게 말하면 인정받기를 원한다. 누구나 그렇지 않냐고 할 수 있지만, 그들은 자기 자신보다 작품으로 인정받길 간절히 원한다. 작품처럼 살고 싶고 때로는 작품 자체로 남고 싶어서 애써 고단한 삶을 선택하기도 한다. 그들과 사귀고 싶다면 먼저 팬이 되자. 그런데 조성진이나 BTS의 팬이 될 수는 있지만 친구가 되기는 거의 불가능하다. 진짜 이런 구분이 있는지 모르겠지만 이류, 삼류 예술가도 따져 보면 손톱만큼 밖에 차이가 나지 않는다. (물론 클래스는 그 손톱만 한 차이에서 비롯된다고 주장할 수도 있겠지만.) 아무튼 조수미랑 커피 한잔 마시려면 엄두조차 나지 않겠지만 나랑 마시려면 그냥 살롱에 오면 된다. 시간도 많다. 맥주 몇 잔 쏘면 실컷 수다도 떨고 서비스 안주도 내어 준다.

예술가(=밥장)를 가까이 만나고 친해질 기회를 직접 만들어 보았다. 통영 시민을 위해 그림일기 클래스를 열었다. 한 달 동안 일주일에 한 번씩 살롱에서 수업한다. 수업이라고 기술적인 것만 가르치지 않는다. 음료를 홀짝거리면서 이런저런 이야기를 편하게 나누기도 한다. 첫날에는 약속부터 적는다. 노트 첫 장에 한 달 동안 매일 글 쓰고 그림 그리겠다는 각오를 직접 손글씨로 적게 한다. 약속에 무게를 싣기 위해서 벌칙도 스스로 정한다. 하루라도 빼먹으면 내게 300만 원을 주겠다는 분도 있었다. 그분은 한 달 동안 나보다 더 열심히 그렸다.

사실 나도 미술을 전공하지 않아서 원근법, 데생, 비율 맞추기, 선 긋는 요령, 배색 등 그림을 잘 그리는 방법은 잘 모른다. 하지만 그림을 좋아하게끔 만들 수는 있다.

좋아하면 오래 버틸 수 있고, 오래 버티면 잘할 수 있다.

몸으로 때우면서 어렵게 알게 되었는데 그림뿐만 아니라 음악이나 무용, 그 밖에 다른 분야도 비슷하지 않을까 싶다.

꼭 바다를 그려보고 싶다는 분이 있었다. 바다만 보면 돌아가신 아버지와 보낸 시간이 떠오르기 때문이었다. 그녀가 그리고 싶은 바다는 눈에 보이는 바다와 달랐다. 윤슬과 파도, 섬이나 바다색을 있는 그대로 묘사하는 것으로는 부족했다. 살롱에 앉아 그녀가 쓰고 그린 그림일기를 보며 오랫동안 이야기를 나눴다. 바다 일로 거칠어진 아버지 손안에 담긴 파란 바다와 그 위에 떠 있는 작은 배를 그려주었다. 내가 꼭 보고 싶고 그려 보고 싶던 바다라며 눈시울을 붉혔다.

물려받거나 벌어둔 돈이 많으면 괜찮겠지만, 내 주위 사람들 대부분은 넉넉하지도 모자라지도 않으면서 아슬아슬하게 버티는 쪽이다. 은퇴를 앞둔 친구들은 더 말할 것도 없다. 오십이 넘었는데 돈이 없으면 앞으로 더 없을 가능성이 높다. 그러니 예술가에게 물어보고 친구가 되시길. 덜 쓰면서 어떻게든 버티면서 하고 싶은 일을 기어이 해내는 방법을 아주 잘 알고 있다. 그렇다고 예술가는 다 가난하거나 가난해야 한다는 뜻은 아니다. 그 점에서는 나나 당신이나 마찬가지다.

# 흙장난은 어른에게 더 필요하다

오늘도 어김없이 장갑을 끼고

전지가위를 들고 마당으로 나선다.

자르고 뽑고 약을 뿌리고 낙엽을 모으고

고양이 똥까지 치운다.

마당은 늘 살아 있다.

살아 있기에 아름답고 골치도 아프다.

~

‘전혁림 미술관까지 왔는데 어떻게 가면 돼요?’

‘통영에 오래 살았는데 이 골목은 처음이네요.’

살롱은 큰길에서 살짝 벗어난 골목 안에 숨어 있다. 동네 사는 이웃들만 다니는 길이라 통영에 오래 살아도 처음 오면 헤매기 일쑤다. 전혁림 미술관까지 왔다면 아랫집인 책방을 끼고 골목을 따라 들어오면 된다. 길이 좁아 차가 들어오긴 어렵지만 걷기에는 딱 좋다. 골목 왼편으로 7, 80년대에 지은 주택들이 나란히 붙어 있다. 야트막한 담장 너머 배롱나무, 금목서, 은목서, 비파나무와 능소화가 보인다. 골목 끄트머리에 세모 지붕 노란 집이 바로 살롱이다. 하얀 대문 옆에는 감나무가 뻗어 있다. 감은 한 해 걸러 열리는데 물만 잘 주면 무척 많이 열린다. 올해는 꼭대기까지 열려 꽤 많이 땄다. 손님이 올 때마다 한 접시씩 깎아내었다. 담장을 따라

동백, 팔손이, 남천, 화살나무, 쥐똥나무, 모란, 매화, 무화과, 보리수, 국화를 차례로 심었다. 현관 앞에는 작은 연못도 있다. 연못 앞 조그마한 정원에는 소나무와 개복숭아, 멀꿀나무가 자란다. 봄비 내리는 오후, 근처 사는 친구가 마당에 있던 배롱나무를 여기로 옮겨 심어 주었다. 내년 여름에는 연못 위로 붉은 꽃들이 드리워질 것이다.

제대로 된 마당과 정원이 딸린 단독주택에 사는 건 처음이다. 유치원 때 한번 살았지만 마당은 시멘트였고 손바닥만한 정원에는 향나무와 단풍나무밖에 없었다. 그 뒤로는 다세대 주택과 아파트를 오가며 살았다. 식물이라고는 베란다에서 키우는 화분이 전부였다. 통영에 오면서 정원에 마당에 연못까지 덜컥 생겼다. 모두 합치면 130제곱미터나 된다. 전원주택에 비하면 좁지만 내겐 무척 넓다.

전 주인은 식물을 많이 키웠다. 마당에는 비닐하우스, 2층 베란다는 유리로 지은 온실도 있었다. 분재를 가꾸고 수석을 들여놓았다. 하지만 나이가 들고 거동이 불편해지면서 제대로 챙길 수 없었다. 내가 이 집을 살 무렵 비닐하우스는 기둥만 겨우 남아 있었고, 마당에는 잔디 대신 잡초들만 무릎까지 자라나 있었다. 정원에 심은 나무들은 오랫동안 관리가 되지 않아 제멋대로였다. 마치 커다란 녹색 덩어리가 담을 둘러싼 것처럼 보였다. 연못도 두 개였는데 하나는 물고기 대신 진흙과 펄로 가득 차 있었다. 혼자서는 도저히 어떻게 할 수 없어서 정원사에게 부탁했다. 비닐하우스와 2층 온실부터 걷어내고 연못은 하나만 남기고 메워 버렸다. 잡초는 싹 걷어내고 잔디 대신 마사토를 깔았다. 대문 양옆으로 커다랗게 자라 눈을 찌르던 향나무도 싹 잘라냈다. 웃자란 가지들은 보이는 대로 무자비하게 잘랐다. 고물상 같았던 마당이 비로소 제 모습을 되찾았다.

그런데 한 번 정리했다고 다 끝난 게 아니었다. 겨울을 지나 봄이 오니 잡초들이 마사토를 뚫고 스멀스멀 올라왔다. 여름이 되니 가지에 물이 차오르고 잎들은 풍성해졌다. 잡초도 무럭무럭 자랐다. 잡초 없애는 요령을 정원사에 물었더니 구역을 나눠서 조금씩 뽑으면 된다고 했다. 한 마디로 매일 마당에 나와 뽑으라는 말이었다. 손볼 건 잡초만이 아니었다. 매실을 따고 나니 나뭇잎이 부쩍 시들었다. 자세히 보니 가지 위에 벌레가 새까맣게 덮여 있었다. 얼른 사진을 찍어 종묘사에 갔더니 깍지벌레라고 알려주었다. 잡아서 꾹 눌러보면 툭 터지면서 빨간 피가 날 거란다. 굳이 확인하고 싶지 않아서 약을 사서 뿌렸다. 곧바로 죽지는 않았다. 하루가 지나자 벌레들은 바싹 말라서 바닥에 떨어졌다.

연못은 보기에는 예뻐도 정원 못지않게 손이 갔다. 처음에는 커다란 금붕어 다섯 마리가 살았다. 겨울을 넘기고 나니 세 마리만 남았다. 큰 놈부터 금봉이, 은봉이, 봉봉이라고 이름을 붙였다. 이듬해 봄, 더러워진 물을 빼고 바닥을 깨끗하게 닦고 새로 물을 채웠다. 금붕어도 더 사다 넣었다. 수련도 심고 부레옥잠도 띄웠다. 날이 따뜻해지니 어디선가 개구리들이 나타나 알을 낳았다. 며칠 지나자 물컹거리는 알주머니 속에 작은 올챙이들이 꼬물거렸다. 금붕어들은 온종일 올챙이들을 천천히 먹어 치웠다. 대학살에서 몇 마리들만 살아남아 참개구리가 되었다. 개구리들은 부레옥잠에

금붕이, 은붕이 그리고 뿡뿡이
… 보고싶다

어설프게 매달려 꾸룩거리거나 수련 잎에 가만히 앉아 있었다. 여름이 되니 수련이 하얗게 피었다. 한낮에 활짝 피고 해가 지면 오그라들었다. 수련은 밤마다 잠이 들었다.

터줏대감인 금봉이는 마치 파마를 한 것처럼 머리 위가 붉게 뽀글거렸다. 몸도 큰 데다 대가리는 더 커서 사료를 주면 물 위로 주둥이를 내미는 게 무척 힘들어 보였다. 작은 녀석들이 재빨리 낚아채는 걸 볼 때마다 마음이 좋지 않았다. 나이가 들어 몸이 둔해서 더 못 먹나 싶었다. 어느 날 보니 안쓰러운 금봉이 입에 뭐가 걸려 있었다. 가까이 다가가 보니 갈색 덩어리를 질겅거리고 있었다. 참개구리 뒷발이었다. 연못 반대편에 오른발 없는 참개구리가 헤엄쳤다. 더 이상 걱정할 필요가 없었다.

사료도 잘 먹고 연못에서 잘 놀던 은봉이와 봉봉이가 사라졌다. 연못 바닥과 정원도 뒤져보았지만 찾을 수 없었다. 길고양이가 물어갔나 싶었지만 증거는 없었다. 전 주인과 새 주인을 모두 거친 녀석은 이제 금봉이 하나뿐이었다. 두 마리가 사라진 다음부터 금붕이가 자꾸 옆으로 드러누웠다. 몸도 자꾸 물 위로 떠 올랐다. 빨간 비늘이 솟아올랐고 등 쪽 비늘이 빠져 하얀 속살이 보였다. 죽은 것 같아 뜰채로 건드리면 힘겹게 지느러미를 흔들어 몇 센티미터 나아갔다. 그리고 멈추길 반복했다. 오후 내내 버티던 녀석은 결국 저녁이 되어서 등이 한껏 휜 채로 물 위로 떠 올랐다. 뜰채로 떠보니 꽤 묵직했다. 비린내도 제법 풍겼다. 동백나무 아래 꽃삽으로 구덩이를 팠다. 다른 동물들이 건드리지 못하게 깊이 팠다. 금붕이를 정성껏 묻은 다음 향을 꽂아 불을 붙였다. 하얀 연기가 까만 밤 위로 가늘게 피어올랐다.

마당과 정원은 쉴 새 없이 자라고 시들고 또 다시 핀다. 지난여름 뒷마당에서 태어난 새끼 고양이들이 담장을 타고 오른다. 팔손이꽃 주위로 벌레들이 윙윙거린다. 오늘도 어김없이 장갑을 끼고 전지가위를 들고 마당으로 나선다. 자르고 뽑고 약을 뿌리고 낙엽을 모으고 고양이 똥까지 치운다. 마당은 늘 살아 있다. 살아 있기에 아름답고 골치도 아프다.

with 밥장

'사람을 그려보세요'
전 여러분이 어떤 걸
그릴지 이미 알고 있어요.

꽃을 그려볼게요.
아마 이 꽃이
머릿속에서
떠올랐을 거예요.

마지막으로
당신의 얼굴을
그려볼까요?
아마 이런 모습과
비슷할거예요

실제로
이렇게 생긴 사람이
걸어다니고
화단에 그 꽃만
피어있고
당신 얼굴은
증명사진 각도여만 한다고
상상해 보세요.

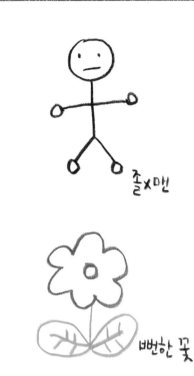

졸X맨

뻔한 꽃

증명사진

무섭、죠?

당신이 그린 건
사람, 꽃, 얼굴이
아니에요.

사람에 대한 개념.
꽃에 대한 개념.
얼굴에 대한 개념.

개념을
그린 거예요.

사람에 대한 개념,
꽃에 대한 개념,
그리고 내 얼굴에 대한 개념을
던져버리면 그제서야
사람과 꽃 그리고
내 모습이 있는 그대로
드러납니다,

당신을 지금 여기에서
벗어나지 못하게 하는
개념은 무얼까요?
한 발자국만 벗어나면
여지껏 보고도 보지 못한
새로운 세상이
눈 앞에 펼쳐집니다.

PART. 2

# 슬기로운 지방살이를 위한 셈법

'먼저 퍼주기'는 작은 도시에

오랫동안 살면서 익힌, 긴 호흡으로

좋은 관계를 맺는 행동양식이다.

좋은 친구, 편안한 이웃이 되는

무척 합리적인 셈법이다.

서울에 살면 친구 사이가 꼭 거리에 비례하지는 않는다. 멀리 떨어져도 괜찮다기보다는 아무리 가까운데 살아도 쉽게 친해지기 어렵다. 서울은 지하철과 버스, 택시를 타면 웬만하면 불편하지 않게 다닐 수 있다. 하지만 지방은 중소도시를 빼면 대중교통이 거의 없어서 차가 없으면 무척 불편하다. 농장과 농장 사이를 큰 트럭을 타고 다니는 아메리칸 컨트리 스타일이 따로 없다. 그런데 통영은 여느 지방이나 소도시와 조금 다르다. 13만 명의 인구 중에서 섬에 사는 사람들을 빼면 대부분 시내에 모여 산다. 시내라고 해봐야 서울에 비하면 귀여운 수준이다. 원치 않아도 자주 마주칠 수밖에 없다. 전혀 모르는 사이라도 쉽게 낯이 익는다. 소문과 평판도 그만큼 빠르다. 실제로 만나보기도 전에 그 사람 어떻다는 이야기가 먼저 들리기도 한다. 좋은 이야기보다는 가벼운 빈정거림이나 구체적인 험담이 대부분이다. 만약 통영에서 사람을 소개받는 자리에서 '말씀 많이 들었습니다' 라는 인사를 받는다면 그냥 하는 소리가 아니다. 제대로 설명할 기회도 없이 마구잡이로 내 이야기가 퍼지는 걸 막으려면 한시라도 빨리 친구가 되는 수밖에 없다.

여기서 친구를 사귀려면 셈이 빨라야 한다. 서울에서는 어느 한쪽이 밥이나 술을 더 많이 사도 별 문제가 없다. 다들 바쁜 데다 잊을 만하면 만나기 때문에 친구 사이에 손익계산서를 정확히 따지기 어렵다. 만약 석 달 전 친구한테 10만 원 어치 술을 얻어 마셨다면 오늘 그만큼 사야 된다는 셈을 기억하기란 쉽지 않다. 하지만 통영에서 친구를 사귀면 다들 가까운데 살고 있어서 뜻하지 않게 자주 마주친다. 심지어 약속하지 않고 느닷없이 불러내도, 그때부터 씻고 나가도 30분이면 충분하다. 자주 만나다 보니 내가 먼저 사기도 하고 얻어먹기도 한다. 몇 번 겪다 보면 자연스레 셈이 되어 얻어먹은 만큼 돌려주고 돌려준 만큼 다시 받는다. 캐치볼을 하듯 능숙하게 주고받을수록 사이도 돈독해지고 오래간다. 평판은 말할 것도 없다.

먼저 OOO는
작은 도시에서 오랫동안 살면서 익힌
긴 호흡으로 좋은 관계를 맺는
행동양식이다.

통영 인심은 여전히 좋다. 실제로 서울에서 온 사람보다 통영 사람들이 먼저 지갑을 연다. 밥이나 술을 더 자주 산다. 그렇다고 '서울에서 왔으니까, 날 좋아하니까 퍼주는구나, 애초부터 통영 인심이 괜찮구나'라고 당연하게 받아들이면 곤란하다. '먼저 퍼주기'는 작은 도시에 오랫동안 살면서 익힌, 긴 호흡으로 좋은 관계를 맺는 행동 양식이다. 좋은 친구, 편안한 이웃이 되는 무척 합리적인 셈법이다.

그러니 무턱대고 받기만 하다가는 어디선가 '떼떼모찌'란 소리를 듣게 될 수 있다. 짠돌이, 구두쇠, 서울깍쟁이… 다 비슷한 말이다. 요컨대 지방에 산다고 어리숙하지 않고 서울 산다고 뛰어나지도 않다. 받는 사람, 주는 사람이 따로 있지도 않다. 그러니 'n분의 일'보다는 먼저 지갑을 열어 시원하게 쏴 보시라. 말을 안 할 뿐이지 다들 알고 있다. 장담하지만 머지않아 제대로 돌려받는다.

## 소도시 신참의 패션 스타일

옷을 고르는 기준도 딱 두 가지.

날씨와 온도다. 더우면 반 팔,

바람이 차면 긴 팔, 춥다 싶으면

후드티나 점퍼를 입는다.

어제와 똑같은 옷을 입는 날도 많다.

그렇다고 아직 포기한 건 아니다.

~

　통영에 살면서 옷에 대한 관심이 무척 줄었다. 서울에서
는 만나는 사람도 많고 모임도 잦았다. 대부분 첫 만남이 끝
만남이라 첫인상만 남게 된다. 나머지는 소셜 미디어의 몫이
었다. 그러다 보니 처음 만나는 사람들에게 더 있어 보이려
고 애썼다. 명품까지는 아니라도 면세점이나 아웃렛에서 옷
을 샀다. 시즌마다 유행을 의식해 옷을 새로 샀다. 옷장에는
유행이 지나거나 마음에 들지 않아서 입지 않는 옷들이 더
많이 걸려 있었다. 요컨대 옷은 패션이었다. 보여주는 옷, 보
는 사람들을 의식한 옷, 유행이란 코드가 담겨 있었다.

　어제까지 서울에 살다가 오늘부터는 통영. 이렇게 딱 잘
라 거처를 옮긴 건 아니다. 통영과 서울을 오가며 조금씩 무
게중심을 옮겼다. 그런데 일과 생활이 아무래도 서울 위주
로 돌아가다 보니 옷이며 가구며 살림 도구들이 모두 서울

집에 있었다. 통영 집은 가끔 와서 즐기는 별장 같았다. 통영 집에서 쓸 물건들은 새로 사야 했다. 나름대로 원칙을 세웠다. 꼭 필요한 것만 사되 가장 좋은 거로 사자. 좋은 물건을 아껴서 오래 쓰자. 그릇과 접시는 일본 나가사키 여행을 다녀오면서 사 왔다. 뭐든 원산지가 가장 싼 법이다. 이불과 커튼은 친구 아내의 도움을 받았다. 가구는 60년대 디자인을 새롭게 살린 가볍고 튼튼한 것으로 장만했다. 시간이 흐를수록 군더더기 없이 깔끔한 통영 집이 더 편했다. 옷도 마찬가지였다. 필요한 옷만 골라 왔다. 계절이 바뀌면 서울에 가서 지난 옷은 놓아두고 새 옷을 가져왔다. 통영 집 옷장엔 옷걸이가 늘 남아돌았다.

통영에서 보내는 시간이 늘면서 옷차림도 옷에 대한 태도도 바뀌었다. 한 마디로 패션이 빠져나간 옷을 입는다. 옷을 고르는 기준도 딱 두 가지. 날씨와 온도다. 더우면 반 팔, 바람이 차면 긴 팔, 춥다 싶으면 후드나 점퍼를 입는다. 어제와 똑같은 옷을 입는 날도 많다. 매연이나 미세먼지가 적다 보니 옷도 덜 더러워진다. 어제 입은 옷을 또 입었다고 뭐라는 사람도 없다. 서울에 살 때는 동네에서 입는 옷이 따로 있었다. 지하철이나 버스를 타고 나가야 하면 '외출복'으로 갈아입었다. 그런데 여기는 집에서 조금만 걸어가면 술집이 모여 있는 항남동이 있고 하나뿐인 시내인 무전동이 있다. 차로 1, 20분이면 갈 수 있다. 어디까지 동네고 시내인지 구분하기 참 애매하다. 어디부터 외출복을 입어야 할지 헷갈린다. 결국 어디든 '쓰레빠' 차림으로 돌아다니게 된다. 명동과 청담동을 무릎 나온 추리닝을 입고 쏘다니는 셈이다.

'아유. 여기 사람들이 얼마나 패션에 예민한데요. 서울에서 온 사람들이나 대충 막 입고 다니지.'

정작 통영에서 나고 자란 사람들은 동네와 시내, 실내복과 외출복을 아주 정확하게 구분한다. 때와 장소를 무시하고 계절과 온도에만 맞게 걸치고 다니는 건 나처럼 외지에서 온 신참들뿐이다. 아무튼 불특정 다수라든가 대중이란 개념이 희박해지다 보니 굳이 보여주기 위해 옷을 입지 않는다. 바람 타고 들려오는 소문과 입에서 입으로 전하는 평판

ropa selecta hace al hombre.

이 옷으로 감출 만한 민낯을 죄다 들춰내기 때문이다. 애써 숨기려 들지 않을뿐더러 멋도 부리지 않는다. 지금 옷장을 열어 보면 긴 팔 셔츠 세 벌, 후드티 두 벌, 폴라폴리스 상의, 점퍼, 외투 한 벌 그리고 바지 세 벌이 전부다. 냄새나지 않게 깨끗이 빨아 입으면 그만이라며 뻔뻔하게 버틴다. (그래도 향수는 잊지 않고 뿌린다.)

여행도 3박 4일보다는 한 달 넘게 다니면 되레 짐이 줄어든다. 한 번 입고 트렁크에 쑤셔 넣을 수 없다. 어차피 빨아서 다시 입어야 하니까 속옷부터 양말, 겉옷까지 가짓수가 줄어든다. 오늘도 모자 하나 눌러 쓰고 살롱에 출근한다. 손님들은 대부분 잘 갖춰 입었다. 살롱을 열면서 부산 '라사'나 '양장점'에서 맞춰 입으려고 했다. 복고풍 신발과 멜빵, 꿩 깃털 달린 중절모까지 쓰려고 했다. 아직 포기한 건 아니다. 하지만 언제 다시 패션을 입을지는 모르겠다.

# 어둠을 사랑할 수 있을까

얼마나 지났을까. 서서히 하얗고

가느다란 선이 보였다.

시간이 지날수록 선은 더욱 밝아졌다.

알고 보니 방은 서서히 밝아진 게

아니었다. 몹시 희미했지만, 빛은

1999년부터 이미 거기에 있었다.

살롱 거실에는 커다란 책꽂이가 놓여 있다. 다실로 쓰던 2층에 놓여 있었던 가구인데, 전 주인은 찻잔과 기물을 두었었다. 1층으로 옮긴 뒤 내가 좋아하는 물건들로 다시 채웠다. 페루에서 산 알파카 인형, 멕시코에서 산 도자기 새, 선물 받은 향꽂이와 화분, 그동안 작업했던 인쇄물들이다. 책도 꽂았는데 내가 쓴 책과 살롱을 찾은 작가들이 쓴 책이다. 살롱을 찾는 손님들은 조심스레 읽어봐도 되냐고 묻는다. 멀리서 여행 온 손님들은 《통영백미》,《백석의 맛》처럼 통영과 관련된 책부터 고른다. 책을 읽거나 그냥 마당을 보며 느긋하게 시간을 보내기도 한다. 아이들은 그림책을 더 좋아한다. 《연필의 고향》,《참새를 따라가면》,《밤의 교실》인데 모두 김규아 작가가 쓰고 그렸다. 엉덩이 가벼운 아이들은 앞의 두 권을 후딱 읽고 마당으로 뛰어나간다. 하지만 《밤의 교실》을 쥔 아이들은 무엇에 홀린 듯이 자리를 떠나지 않는다. 마냥 웃기거나 유쾌하지 않고 오히려 어두운 이야기인데 말이다. '어둠'을 말할 때면 몇 년 전 다녀온 나오시마가 떠오른다.

　나오시마는 일본 시코쿠에 딸린 작은 섬이다. 다카마쓰에서 배를 타면 금방 도착한다. 쿠사마 야요이가 만든 점박이 노란 호박부터 지중미술관, 베네세 하우스, 이우환 미술관을 차례로 둘러보았다. 〈이에(집) 프로젝트〉를 보려고 잠깐 마을에 들렀다. 작가들이 마을 안에 흩어져 있는 집 여섯 채를 골라 새롭게 바꾸었는데, 그중 미나미데라가 눈에 띄었다. 겉모습은 어느 집과 다르지 않았지만 창문이 없었다. 실내에는 15분마다 정해진 인원 수대로만 입장하였다. 안내인을 맨 앞에 두고 한 줄로 섰다. 앞 사람 어깨에 한 손을 얹고 시커먼 복도를 따라 걸어 들어갔다. 조용하고 새까맣고 서늘했다. 안내인은 10분만 지나면 빛이 보이니 안심하라고 했다. 스마트폰과 시계를 모두 입구에 맡기고 왔기에 시간을 재 볼 도리는 없었다. 얼마나 지났을까. 서서히 하얗고 가느다란 선이 보였다. 시간이 지날수록 선은 더욱 밝아졌다. 그제야 함께 들어간 사람들이 검은 그림자 덩어리로 보였고, 얼마나 떨어져 있는지 벽이 어디쯤인지 가늠할 수 있었다. 알고 보니 방은 서서히 밝아진 게 아니었다. 몹시 희미했지만, 빛은 1999년부터 이미 거기에 있었다.

《밤의 교실》 주인공은 초등학생인 정우다. 동그란 안경을 낀 조용한 아이다. 수학을 좋아하는데, 예측할 수 있고 확실한 정답이 있어서다. 늘 땅을 보며 걸으며 몇 걸음인지 속으로 세어본다. 정우는 땅과 발걸음을 내려다보며 걷다 보면 어느 순간 자기 혼자 지구를 발로 굴리고 있다는 느낌이 들어서 걷는 걸 좋아한다. 정우는 엄마와 떨어져 아빠와 산다. 어느 날, 정우는 눈이 잘 보이지 않아 병원을 찾는다. 그리고 눈이 점점 나빠져 결국 시력을 잃을 거란 진단을 받는다. 정우는 아빠와 엄마 그리고 친구들이 걱정할까 봐 눈물을 꾹 참는다. 몰래 혼자 우는 정우를 음악 선생님이 우연히 발견한다. 그는 진짜 늑대, 늑대 선생님이다. 양복을 입고 기타를 메고 건물 옥상을 넘어 다닌다. 작은 빛에도 눈이 불편해 늘 선글라스를 쓴다. 그도 정우처럼 어릴 때부터 눈이

내 삶이 하나의 곡이라면
어떻게 연주하고 있는걸까

약했다. 무척 속상했지만 자라면서 어둠을 받아들였다. 차츰 달빛과 음악을 사랑하게 되었다. 자랄수록 더 볼 수 없게 될 정우에게 선생님은 〈랩소디 인 블루〉를 들려준다. 그 뒤로 정우는 늑대 선생님이 밤에만 여는 음악 수업인 〈밤의 교실〉에서 음악을 배운다. 친구들 앞에서 밤의 연주회를 열며 다가올 영원한 어둠과 조금씩 더 친해진다.

"재즈는 정해진 악보가 없어서 늘 새롭지. 마치 인생 같아. 예상할 수 없는 기쁜 일, 슬픈 일이 모여서 인생이 되는 것처럼. 안 좋은 일이 있을 때마다 생각해. 내 삶이 하나의 곡이라면 어떻게 연주하고 있는 걸까."

- 늑대 선생님

《밤의 교실》을 쓴 김규아 작가는 초등학교 선생님이었다. 아닌 말로 '꿀 떨어지는 직장'에 다녔다. 방학이 있고, 은퇴하면 연금도 나오고, 잘릴 일도 없으니까. 작가는 이런 시선이 더 괴로웠다고 고백한다. 그녀는 어릴 때부터 애니메이션 감독을 꿈꾸었다. 중학교 때 이미 만화를 그려 친구들에게

500원에 팔기도 했다. 교대를 졸업한 뒤 고시원에 살며 임용 고시를 준비해 결국 선생님이 되었다. 하지만 몇 년 뒤, 좋아 하는 일을 하기 위해 학교를 관두었다. 처음에는 가족들 때 문에 무척 힘들었다. 앞으로 다가올 세상을 응원하기보다는 그녀가 포기한 세상이 얼마나 멋지고 달콤한지 되새기며 아 쉬워만 했기 때문이다. 물론 지금은 둘도 없는 팬이 되었지 만 말이다.

김 작가는 책을 내기 전에 내게 초안을 보여주었다. 먼저 그림을 그리고 책을 낸 선배라며 내게 조언을 부탁했다. 채 색하기 전이라 검정 펜으로 윤곽만 그렸고, 말풍선에는 손 글씨가 빼곡히 적혀 있었다. 마지막 페이지까지 다 읽고 나 서 달리 해줄 말이 없었다. 이미 울고 있었으니까.

코로나19는 익숙하다고 믿었던 일상을 단번에 헤집어 놓 았다. 세상은 정우가 좋아하는 수학보다는 점점 더 짙어만

가는 어둠에 가까운 듯하다. 밤의 연주회를 마치고 늑대 선생님이 정우에게 달빛 배지를 달아주며 건넨 한마디가 떠올랐다. 눈시울이 뜨거워지면서 새삼 힘이 났다. 1999년부터 있던 시커먼 어둠 속 아주 희미한 빛을 떠올리면서 말이다.

"달빛처럼 살아. 어두운 곳을 비추면서."

## 소리 내 시를 읽다

달빛 아래 다리 밑 운하는

작은 윤슬로 반짝거린다.

형이 했던 말을 소리 내 따라해 본다.

'내 시를 좋아하는 사람은

다 아픈 사람이야.'

~

"마음이 가난한 자는 소년으로 살고, 늘 그리워하는
병에 걸린다."

_ 허연, 〈오십 미터〉 중에서

허연 시인이 살롱에서 시 낭송회를 열었다. 허연과 그의
시를 사랑하는 사람들이 통영뿐만 아니라, 진주, 거제, 서울
심지어 지리산 자락에서 찾아왔다. 시인과 함께 단골 식당
과 술집을 번갈아들러 맥주를 홀짝거렸다. 그는 점잖고 부
드러운 목소리로 '통영이 점점 좋아진다'고 했다. 스무 명 정
도 예상했는데 스물여섯 명이 모였다. 시인이 직접 읽는 시
와 시 속에 감추어진 이야기를 듣기 위해서였다. 다섯 편을
읽고 이야기 나누고, 또 다섯 편을 읽고 이야기를 나눴다.
모두 스무 편을 함께 읽었다.

그와 인연은 십 년 전 이집트에서 시작되었다. 이집트 관광청에서 신문 기자들을 초대하는 여행을 마련했다. 나는 모 신문에 칼럼을 연재하고 있었는데, 신문사에서 기자 대신 나를 보냈다. 기자들 사이에 끼어 카이로, 룩소르, 나일강, 샤름 엘 셰이크까지 둘러보았다. 시인은 다른 신문사 기자로 왔는데 피라미드나 신전에는 크게 관심이 없었다. 오히려 손에 든 페이퍼백 소설에 더 빠져있는 듯했다. 며칠 지나서야 시인인 줄 알았다. 그전까지는 좀 특이한 기자였지만 함께 다녀도 전혀 불편하지 않은 여행 동반자였다. 여행에 다녀온 뒤로도 꾸준히 만나 맥주를 홀짝거렸다. 시인보다는 형님이나 형으로 부르는 게 더 편한 사이가 되었다.

몇 년 전 형이 상수동 카페에서 시를 읽는 행사를 마련했다. 형은 내게 시를 읽어달라고 부탁했다. 사람들 앞에서 시를 소리 내 읽기는 처음이었다. 형이 직접 출력한 종이를 건네주었다. 파울 첼란의 〈죽음의 푸가〉, 박인환의 〈목마와 숙녀〉, 폴 베를렌의 〈가을의 노래〉였다. 작은 무대에 서서 마이크를 잡고 〈죽음의 푸가〉부터 읽었다.

한 행, 한 행 읽을수록 자꾸 가슴이 뜨거워졌다. 먼저 눈으로 읽었을 때는 시는 참 어렵다, 잘 모르겠다는 기분이었는데 말이다. 여전히 낯설고 알 수 없었지만 소리 내 읽으니 나도 모르게 울컥했다. 5년이나 지났지만 상수동, 파울 첼란, 허연을 떠올리면 갓 잡아올린 물고기처럼 싱싱하다.

살롱에 모인 관객 중에 두 명이 소리 내 시를 읽었다. 첫 번째 시는 〈여가수〉였다. 제 목소리가 아닌 스마트폰에 저장한 친구 목소리로 들려주었다. 두 번째 시는 〈오십 미터〉였고, 직접 또박또박 읽었다.

"상처 많은 자들만이 절감하는 고음. 벗겨진 칠 속으로 언뜻언뜻 나무판자가 드러나 보이는 무대. 그 위에 선 어떤 인생. 망해가는 소도시."

…

"그녀의 고음은 선을 넘는다. 예쁜 척해야 하는 나이를 넘어섰고, 이름을 얻겠다는 미망을 넘었고, 출산할 수 있는 나이를 넘어선…… 어느 것도 되돌릴 수 없는

빨래집게로 집어놓은 자국같은 쌍꺼풀이 움찔거릴때
마다 그녀의 인생이 고음으로 환하다 생서 않은 자들
만이 절감하는 고음 벗겨진 칠 속으로 언뜻언뜻
나무판자가 드러나 보이는 무대 그 위에선 어떤
인생 망해가는 소도시 그녀는 동대문만 반짝이로
처진 날 몇 점 숨긴 채 실존보다 무거운 생을
노래한다 이렇게 되어버린 인생은 원래 이렇게
되게끔 정해져 있었다는 듯 그녀의 고음은 선을 넘는다
예쁜척해야 하는 나이를 넘어섰고 이름을 얻겠다는
미망을 넘었고 출산할 수 있는 나이를 넘어선 …
어느것도 되돌릴 수 없는 여가수 그녀와 관계된
몇 개의 이별과 나를 울린 몇 개의 이별이 범벅이 된
노래를 나는 듣는다 시끌벅적한 회비 인파 사이에서
나는 듣는다 슬퍼진 것들은 이미 슬픈 것이었음을
여가수. 허연.

여가수. 그녀와 관계된 몇 개의 이별과 나를 울린 몇 개의 이별이 범벅이 된 노래를 나는 듣는다."

_ 허연. 〈여가수〉 중에서

낭송이 끝나고 시인은 챙겨온 작은 노트 첫 페이지에 직접 시구를 써서 모두에게 선물했다. 시집을 가져온 분에게는 정성스레 사인을 남겼다. 행사를 마치고 칸막이 높은 단골 소주방으로 자리를 옮겨 조촐하게 뒤풀이를 했다. 형은 자꾸 고맙다며 행복한 표정으로 소주와 맥주를 번갈아 가며 천천히 마셨다. 늘 아픈 시를 쓰지만, 그날 밤은 무척 많이 웃었다.

살롱 2층 다락방에 마이크와 조명 그리고 고화질 웹캠을 설치했다. 손님이 없는 날이나 마감 뒤에 쓸쓸한 기분이 들면 불 꺼진 계단을 나 홀로 올라간다. 문을 닫고 헤드폰을 쓰고 마이크를 끌어당긴다. 형이 주고 간 시집을 아무 데나 펼쳐 소리 내 천천히 읽어본다. 형이 떠오르고 처음으로 시를 읽었던 상수동의 밤도 떠오른다.

녹화된 영상을 보고 휴지통에 넣은 뒤 다시 내려온다. 그리고 충무교를 건넛집으로 돌아온다. 달빛 아래 다리 밑 운하는 작은 윤슬로 반짝거린다. 형이 했던 말을 소리 내 따라해 본다.

'내 시를 좋아하는 사람은 다 아픈 사람이야.'

# 헤어지면서 나를 들여다 본다

아무렇지 않게 결혼했냐고 물어봤듯이

재혼 안 하냐고 또 물어본다.

그럴 때마다 '어떻게 한 이혼인데요'라고

웃으며 대꾸한다.

"밥장 씨는 결혼했어요?"

"했었죠."

작은 도시에서 얼굴 익히며 지내다 보면 별 뜻 없이 물어본다. 나도 편하게 대꾸한다. 15년이나 지난 일이라 농담으로 받아칠 만큼 무뎌지기도 했다. 결혼하는 이유야 많겠지만, 이혼하려고 결혼하는 사람은 없을 거다. 나도 마찬가지였다. 거래처 사장님이 직원을 소개해주었고 6개월을 사귀고 결혼했다. 봄날 오후 홍대 앞 예식장에서 결혼했다. 예식 시간에 맞춘 듯이 소나기가 쏟아졌다. 하객들은 빗물에 젖은 머리카락을 털며 얼마나 잘 살려고 비까지 오냐며 덕담을 했다. 난 가슴에 하얀 프릴이 가득 달린 셔츠를 걸치고 까만 연미복을 입었다. 사회자가 신랑 입장이라고 외쳤고 박수를 받으며 힘차게 걸었다. 진짜 어른이 된 기분이었고 온

몸에 소름이 돋았다. 이렇게 행복한 순간이 있었나 싶을 만큼 행복했다. 아내와 5년을 함께 살았다.

아내에게 이혼하자는 말이 튀어나온 뒤 몇 달 동안 하루도 빠짐없이 싸웠다. 나보다 네가 더 잘못해서 이 지경까지 왔다며 소리 질렀다. 가장 듣기 싫어하는 말만 골라 퍼부었다. 전날 술을 퍼마신 것처럼 신물이 올라왔다. 싸울수록 더욱 더 미워졌고, 미워질수록 작은 미련마저 사라졌다. 하루라도 빨리 벗어나고 싶었고 결국 이혼하기로 했다.

필요한 서류를 챙겨 법원으로 갔다. 대기실에서 순서를 기다렸다. 작은 공간이 아닌데도 이혼하려고 온 사람들로 가득했다. 어떤 부부는 대각선으로 가장 멀리 떨어져 앉아 있었다. 뭐가 그리 즐거운지 낄낄거리는 부부도 있었다. 대부분 우리처럼 말없이 앉아 차례가 오기만 기다렸다. 한참을 기다려 드디어 내 차례가 왔다. 방으로 들어가 판사 앞에 나란히 앉았다. 그는 서류에 눈을 떼지 않은 채 나와 아내 이름을 차례로 불렀다. 협의했는지 물어보았다. 그게 다

새빨간 거짓말이다 어느 남편 아내에게도
"늙네따위란 없다 어렵고 불편하더라도 아내의
눈을 바라보며 입박으로 꺼내야 해야 참다니했죠
사실 속마음을 제대로 꺼내놓지 못해서 다른 이유
때문에 일부러 말하지 않는 것뿐이다 아내가 기분
나빠하게나 마음 다칠까봐 배려하는 것도 아니다
그저 속내를 있는 그대로 보여주고 싶지 않았다

였다. 나와 아내는 법원 도장이 찍힌 확인서를 한 장씩 들고 법원을 나왔다. 잘 지내라며 건조하게 인사를 건넨 뒤 헤어졌다. 구청에 한 명만 확인서를 내면 곧바로 이혼이었다.

헤어지고 1, 2년은 무척 힘들었다. 마치 진흙땅 한가운데 박힌 기분이었다. 무슨 일을 해도 잘 풀리지 않았고 누굴 만나도 불편했다. 벗어나려고 애썼지만 같은 자리에서 허우적거렸다. 아내나 이혼 때문이 아니었다.

이혼하면서 알게 된 게 있다면, 깨끗하게 잊지 못할 바에는 대충 넘기거나 참으면 안 된다는 점이다. 아내에게 치사할 만큼 꼼꼼하고 구체적으로 말하고 또 말해야 했다. 말하지 않아도 안다고? 새빨간 거짓말이다. 어떤 남편이나 아내에게도 텔레파시란 없다. 어렵고 불편하더라도 아내의 눈을 바라보며 입 밖으로 꺼내야 했다. 참는다는 것도 사실 속마음을 제대로 꺼내 놓지 못하거나 '다른 이유' 때문에 일부러 말하지 않는 것뿐이었다. 아내가 기분 나빠하거나 마음 다칠까 봐 배려하는 것도 아니었다.

그저 속내를 있는 그대로 보여주고 싶지 않았다. 대화란 사이좋게 마주 앉아 사과를 깎아 먹으며 즐겁게 나누어야 하는 줄 알았다. 가장 숨기고 싶은 약점부터 털어놓는, 불편하지만 진지한 대화가 있었어야 했다. 어떤 이유로든 입 밖으로 꺼내지 못한 불만은 중금속처럼 남아 나와 아내의 몸과 마음을 야금야금 갉아먹었다.

　학교에 다닐 때는 공부 잘하는 모범생이었다. 부모님과 선생님이 하라는 대로 잘 따랐다. 자주 칭찬을 받았고 칭찬을 받을수록 스스로 착하다고 여겼다. 회사 생활도 학교랑 비슷했다. 윗사람이나 동료에게 칭찬받고 싶었다. 적어도 일을 못 한다는 소리는 듣고 싶지 않았다. 결혼 생활도 마찬가지였다. 아내에게도 칭찬받고 싶었다. 착한 남편, 좋은 아빠가 되고 싶었다. 나름대로 애썼지만 정작 친구나 동료, 아내에게 내가 어떤 사람인지, 진짜 제대로 잘하고 있는지, 고칠 점은 없는지 먼저 물어보지는 않았다. 먼저 충고를 해줬어도 귀담아듣거나 고치지 않았을 것 같다. 내가 생각한 나와 다른 이야기를 들으면 받아들이고 고치기보다 변명하려고

만 들었다. 난 이미 괜찮은 사람이고 충분히 노력하고 있다고 철석같이 믿었기 때문이다. 애초부터 잘못된 믿음은 이혼과 더불어 보기 좋게 무너졌다.

만약 지금의 내가 15년 전으로 돌아간다면 달라질 수 있을까? 아내와 마주 앉아 속마음을 있는 그대로 부드럽게 말할 수 있을까? 착한 남편, 좋은 아빠까지는 아니더라도 그냥 남편과 아빠로 남을 수 있을까? 미안하고 속상하고 슬프고 안쓰러운 순간을 함께 떠올리며 조용히 손잡을 수 있을까? 시간은 생각보다 빨리 흐르고 꽤 많은 걸 덮어버렸지만, 아직도 부끄럽고 미안하다. 앞으로의 내가 남아 있지만 크게 기대하지 않는다. 다른 사람 이야기를 듣고 바꿔보려고 애써도 마음속으로는 여전히 나부터 감싸려고 든다.

아무렇지 않게 결혼했냐고 물어봤듯이 재혼 안 하냐고 또 물어본다. 그럴 때마다 '어떻게 한 이혼인데요'라고 웃으며 대꾸한다.

# 앞니 여섯 개쯤 부러져도 괜찮아?

그저 아침마다 행운의 흔적인 여섯 개의

치아를 보며 정성스럽게 닦는다.

예상할 수 없어서 미련해 보이는 건지

아니면 처음부터 미련해서 아예 예측도

못 하는 건지는 잘 모르겠다.

어쨌든 자빠지면 정신이 번쩍 든다.

일러스트레이터로 알려지면서 인터뷰를 할 기회가 많아
졌다. 기자와 사진작가들이 내 얼굴을 찍을 때, 미소짓는 모
습보다 입이 찢어져라 웃는 걸 훨씬 좋아했다. 딱히 웃기지
도 않은데 남이 시켜서, 게다가 카메라 앞에서 입이 찢어져
라 웃어본 적이 있을 리 없었다. 무척 어색했지만 시키는 대
로 했다. 전문가 말이 맞았다. 찍을 때는 낯설었지만 사진
속 내 모습은 놀랄 만큼 자연스러웠다. 하지만 크게 벌린 입
안에 앞니가 무척 거슬렸다. 치아 사이가 살짝 벌어진 데다
모양도 달랐다. 왼쪽 치아는 아버지를 닮아 안으로 살짝 휘
어졌고, 오른쪽 치아는 어머니처럼 앞뒤로 틀어졌다. 치과에
서 래미네이트 시술을 받았다. 생니를 가늘게 깎아내고 가
짜 치아를 덧댔다. 앞니가 벌어지면 복이 샌다고들 했다. 앞
니는 매끈해졌고, 그래서인지 몰라도 일도 늘어났다. 의사
는 진짜 이보다는 훨씬 약하니까 앞니로 뭘 씹거나 물지 말

라고 당부했다. 15년 넘게 별 탈 없이 잘 썼다. 하지만 2019
년 여름 페루 쿠스코에서 앞니가 박살 났다.

완주군의 지원을 받아 예술배낭여행으로 한 달 동안 칠
레와 페루를 다녀왔다. 산티아고, 발파라이소, 아타카마 사
막과 이스터섬까지 다녀왔고 라세레나에서 개기일식도 보았
다. 칠레 여정을 마치고 페루로 건너갔다. 첫 번째로 간 도시
는 해발 3천 미터에 자리 잡은 쿠스코였다.

아침 일찍 일어나 숙소에서 아침을 먹었다. 흔한 고산 증
세인 두통이나 메스꺼움, 오한이 있을까 걱정했는데 다행히
멀쩡했다. 전날 쿠스코 시내를 돌아다니며 잠깐씩 숨이 찼
었다. 고도 3천 미터가 만만치는 않았다. 오늘과 내일은 고
도에 적응하면서 무리하지 않고 시내를 둘러보기로 했다.
숙소에서 가까운 코리칸차부터 들렀다. 정복자들은 잉카 사
원 위에 가톨릭 교회를 지었다. '너희들이 가장 소중하게 여
기는 바로 이곳에 십자가를 꽂으마'라는 마음가짐이랄까. 마
추픽추 박물관도 들렀다. 마추픽추는 잉카제국에서 짓다가

어떤 이유인지 몰라도 한순간에 버려지고 잊혀진 곳이다. 그래서 스페인 정복자들도 발견하지 못했다. 400년 이상 잊혀진 도시는 1911년 예일대 교수 빙엄(Hiram Bingham)에 의해 세상에 다시 알려졌다. 그때 발굴한 보물들은 연구와 보존을 명분으로 남김없이 예일대로 가져갔다. 페루 정부는 오랜 소송 끝에 2011년에서야 마추픽추 유물 중 366점을 돌려받았다. 마추픽추에 가기 전에 박물관에 먼저 들른 이유였다.

점심을 먹고 산 크리스토발 언덕 중간 전망대에 올라갔다. 높은 돌계단을 하나씩 오르는데 무척 숨이 가빴다. 점심 먹고 좀 쉬다 올라오지 않은 것을 후회했다. 갑자기 온몸이 나른하면서 다리에 힘이 빠졌다. 아직 한낮이고 숙소도 아닌데 그대로 잠들어버렸다. 꿈을 꾸는 기분이었다. 몇 분이 지났을까, 누군가 날 세게 흔들어 깨웠다. 입에다 억지로 알약을 쑤셔 넣고 물을 먹였다. 무슨 일인가 눈을 떴더니 외국인 여자가 걱정스러운 표정으로 날 내려보고 있었다. 역시 꿈인가 싶었는데, 그녀는 계단에서 내가 그대로 엎어지는 걸 보고 달려왔다고 했다. 조금씩 정신이 들었다. 온몸은

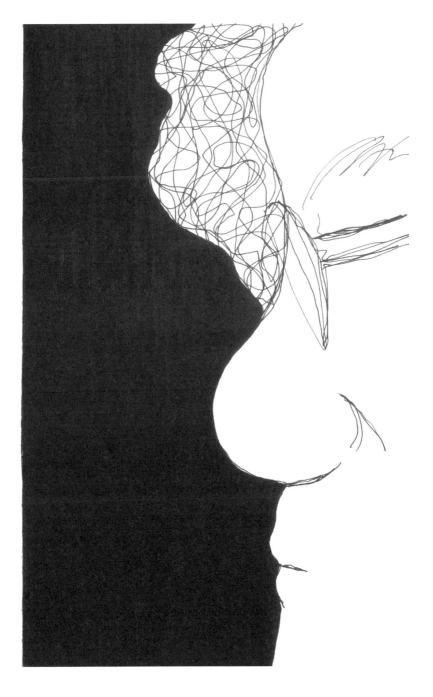

흙투성이였고 얇은 목도리는 피로 붉게 물들어 있었다. 그녀는 괜찮다고 날 안심시키면서 피를 닦고 연고를 발라주었다. 나중에 알고 보니 급작스러운 고산 증세로 의식을 잃었던 것이다. 계단을 오르다 앞으로 꼬꾸라졌는데 아래로 굴러떨어지진 않았고, 마침 물과 고산약, 상처에 바를 연고까지 챙긴 여행객을 만났으니 정말 운이 좋았다. 몇 번이나 고맙다고 인사를 건넸다. 겨우 정신을 차리고 숙소까지 걸어서 돌아왔다. 거울을 보니 턱 밑은 찢어지고 입안이 다 터졌다. 앞니가 다 부러지고 송곳니도 깨졌다. 그런데 생각보다 아프지는 않았다. 그녀가 발라준 연고 덕분이었다. 프런트에 가서 택시를 불러 달라고 했는데 중형 버스는 될 만한 구급차가 도착했다. 누우면 멀미가 심해서 침대에 걸터앉았다. 의사와 마주 보고 앉았는데 무척 젊은 페루 여성이었다. 영어는 서툴렀지만 내 눈이 마주칠 때마다 멋지게 웃어주었다. 나는 앞니가 없어서 입을 꾹 다물고 미소만 지었다.

병원은 작지만 꽤 근사했다. 제대로 된 치료도 받았다. 가볍게(?) 고산증을 겪은 거라며 안심시키며 산소 호흡기를 코에 끼웠다. 턱은 바로 꿰매야 한다고 했다. 이는 성형을 해야할 수준이라고 덧붙였다. 래미네이트할 때 이미 신경치료를 받은 터라 부러져도 다행히 아프지 않았다. 다음 주 서울에가서 손볼 거라고 대꾸했다. 의사는 무척 신중하게 상처를닦았다. 서두르지 않고 느긋하게 마취한 다음, 한 땀 한땀꼼꼼하게 꿰맸다. 바늘이 들어가고 실을 당길 때는 살갗이딸려 올라오는 게 느껴졌다. 턱도 깨지고 이도 부러졌지만마음은 이상하리만큼 편했다. 심지어 이거 10년짜리 이야기라며 속으로 낄낄거렸다. 산소를 너무 많이 마시면 이렇게되나 싶었다. 치료를 마치고 약을 한 아름 처방받고 결제를했다. 결제가 끝나야 치료를 받기 전에 병원에 맡긴 여권을되찾을 수 있었다. 숙소까지는 구급차 대신 병원 차로 데려다주었다. 피 묻은 목도리와 셔츠를 찬물로 빨았다. 옷을 갈아입고 저녁을 먹으러 어제 들렀던 스테이크 집을 다시 찾았다. 세비체와 닭 수프를 주문했다. 디저트로 아이스크림과코카잎 차까지 알뜰하게 챙겨 먹었다. 왠지 오늘 저녁은 잘먹어둬야 상처도 잘 아물 것 같았다. 새콤한 연어는 끝내줬지만 씹을 때마다 찢어진 턱 반대쪽 악관절이 아팠다. 다음

날 아침, 모든 게 꿈이면 얼마나 좋을까 싶어 조심스레 눈을 떴다. 거울을 들여다보니 얼굴 한쪽이 부었고 앞니는 없었다. 꿰맨 부위에 붙인 밴드는 피와 엉겨 붙어 있었다.

 서울에 돌아와 치과부터 들렀다. 부러진 앞니와 송곳니까지 모두 여섯 개 치아를 새로 끼웠다. 완주군에서 여행 경비로 400만 원을 받았는데 치료비만 350만 원이 들었다. 의사는 이제부터 진짜 앞니로 뭘 하려고 들지 말라고 단단히 주의를 주었다. 새로 갈아낀 덕분에 앞니만큼은 아이돌 치아만큼 하얗게 반짝거린다.

만약 그때 계단을 내려오면서 쓰러졌다면, 내게 천사나 다름없던 여행객이 나타나지 않았다면 어땠을까. 데굴데굴 굴러 목뼈가 부러졌을 테고 페루 병원에서 10년 우려먹을 이야기라며 낄낄거리던 나도, 지금 살롱에서 차분히 글 쓰고 있는 나도 없었을 것이다. 이렇게 될 줄 미리 알았으면 절대 떠나지 않았을 것이다. 무슨 일이 벌어질지 전혀 몰랐기 때문에 개기일식을 보았고, 마추픽추에도 올랐고, 이스터섬에서 모아이 석상도 만났고, 아타카마 사막에서 쏟아지는 은하수도 보았다. 코로나 사태가 벌어진 탓에 칠레와 페루는 마지막 여행지가 되었다. 고산증도, 부러진 치아도, 코로나도, 예상할 수 있는 건 하나도 없었다. 그저 아침마다 행운의 흔적인 여섯 개의 치아를 보며 정성스럽게 닦는다.

예상할 수 없어서 미련해 보이는 건지 아니면 처음부터 미련해서 아예 예측도 못 하는 건지는 잘 모르겠다. 어쨌든 자빠지면 정신이 번쩍 든다. 내가 얼마나 운이 좋은 녀석인지 말이다. 그런데 난 일 년 뒤 또 쓰러지고 만다. 이번엔 급성 심근경색이었다.

# 서울도 비가 오면 괜찮은 도시

서울은 까다롭지만 외면할 수 없고

골치 아프지만 섹시한 매력으로 가득하다.

서울로 돌아오는 버스 안에서

김현철의 〈서울도 비가 오면 괜찮은 도시〉까지

들으면 더할 나위 없다.

'오랜만에 서울 가니까 마치 도쿄에 온 기분이에요.'

후배는 평생 서울에서 살다가 몇 달 전 통영으로 이사 왔다. 일 때문에 2박 3일 동안 서울에 갔는데 내게 이런 문자를 보냈다. 나도 일 때문에 가끔 서울을 가는데 꽤 까다로운 통과의례를 거친다. 처음 서울에서 통영까지 직접 차를 몰고 왔다. 평소 운전을 그리 좋아하지 않는다. 차를 타면 가볍게 멀미를 해서 무척 졸리기 때문이다. 그런데 서울에서 통영까지 400킬로미터가 넘는 거리에 5시간 가깝게 운전해야 해야 하니 여간 괴로운 게 아니었다. 몇 번 운전하고 나서 깨끗이 포기했다. 그 뒤로 고속버스를 탄다. 서울에 가려면 통영에 하나뿐인 종합버스터미널에서 남부나 강남고속버스터미널로 가는 버스를 탄다. 통영을 지나 고성까지는 바다가 보이고 산청을 지나면 커다란 산과 나무들이 보인다.

대전을 거쳐 천안을 지나면 아파트 숲이 늘어난다. 마지막으로 고속도로를 빠져나와 터미널에 도착하기까지 거리는 짧지만 무척 번잡하다. 길은 막히고 버스 안 위성TV마저 버벅거린다. 버스로 꽉 찬 틈새를 비집고 내린다. 지하철로 갈아타면서 모르는 사람들 속에 파묻힌다. 여긴 내가 평생 살아온 서울이다.

서울에서 떨어져 살면 서울을 더욱 제대로 즐길 수 있다. 서울살이가 지치거나 힘들면 마음에 드는 소도시, 아니면 그냥 아무 작은 도시를 골라 일주일 동안 머물러 본다. 지역 먹거리와 특산물, 볼거리를 충분히 즐기고 서울로 오는 버스를 탄다. 서울을 최고라고 하기엔 좀 모자라지만, 그래도 꽤 괜찮은 도시에 산다는 기분이 들 것이다. 후배는 서울 가기 며칠 전부터 통영에 없는 장소들, 이를테면 버거킹, 타코벨, 일본라멘집, 크래프트 맥주 탭룸까지 들러볼 계획을 빼곡하게 잡았다. 서울이 그렇게 좋냐고 놀려도 아랑곳하지 않고 낄낄거렸다.

서울에서 떨어져 살면
서울을 더욱 제대로 즐길 수 있다

누구는 새로운 사람을 만나고 낯선 곳을 들르기 위해 여행을 떠난다. 또 누구는 마지막에 눌러앉을 곳을 찾으러 떠난다. 서울에만 있으면 서울이 보이지 않는다. 잠깐이라도 좋으니 서울을 떠나 작은 도시에서 살아보면 확실히 달라진다. 서울은 까다롭지만 외면할 수 없고 골치 아프지만 섹시한 매력으로 가득하다. 서울로 돌아오는 버스 안에서 김현철의 〈서울도 비가 오면 괜찮은 도시〉까지 들으면 더할 나위 없다.

# 심장이 멈춘 날

눈을 감아도 보였고 귀를 막아도 들렸다.

잠깐 잠이 들다가 깨면

천장이 파랗게 보였다.

산소 호흡기가 고장이 났는지 숨이 찼다.

물 속에 빠진 기분이었다.

페루 쿠스코에서 의식을 잃고 쓰러져 치아 여섯 개를 날릴 때만 해도 죽을 수 있다고 생각하지 못했다. 아직 오십밖에 되지 않았고 몸도 꽤 건강하다고 여겼다. 이런 믿음이 얼마나 근거 없고 한심한 일인지, 몸소 큰일을 겪지 않으면 그 믿음은 좀처럼 바뀌지 않는다. 이번에는 달랐다. '내 인생 이렇게 끝나는구나. 죽는구나' 싶었다.

2021년 1월 28일 새벽이었다. 저녁으로 연어 초밥과 장어덮밥을 먹고 거제 사는 친구 집에 갔다. 제주에서 사진관을 하는 친구와 오랜만에 전화로 수다를 떨었다. 한참 낄낄거리다가 자려고 누웠는데 속이 답답했다. 저녁 먹은 게 체했나 싶어 침대에서 일어나 소파에 앉았다. 조금 지나면 괜찮을 줄 알았는데 가슴이 죄어왔다. 엄청나게 큰 발이 내 심장을 꾹꾹 밟는 기분이었다. 지켜보던 친구가 안 되겠다 싶었는지

119를 불렀다. 20분 뒤에 도착했고 양말도 신지 못한 채 들것에 실려 구급차에 탔다. 가까운 병원으로 옮긴 뒤 응급실에서 검사를 진행했다. 급성 심근경색이었다. 막힌 심혈관을 빨리 뚫어야 하는데 여기서는 시술이 불가능하니 부산, 진주, 창원에 있는 상급 병원 중에 하나를 고르라고 했다. 가슴을 큰 칼로 푹푹 찌르는 듯이 아파왔다. 눈도 못 뜨고 숨도 가빴다. 가슴을 부여잡고 창원으로 가자고 했다. 다시 구급차를 불러 1시간을 달려 창원삼성병원에 도착했다.

병원에서는 이미 응급 수술 준비를 마치고 기다리고 있었다. 매우 빠르게 수속을 마치고 얼른 수술실에 들어갔다. 머리 위에는 팔 달린 카메라가 움직였고 왼쪽 벽에는 커다란 모니터가 매달려 있었다. 엑스레이로 찍은 심장과 혈관이 화면에 실시간으로 뛰고 있었다. 의사는 바로 시술할 테니 끝까지 화면을 보면서 정신 차리라고 당부했다. 사타구니를 째고 대동맥을 따라 스텐트를 집어넣었다. 심장 끝에 다다랐는지 숨이 콱 막혔다. 거의 정신을 잃었다. 저녁으로 먹은 연어와 장어를 다 게워내 입안은 썩은 비린내로 가득했다. 마취과 의사는 손가락으로 내 어깨를 꾹꾹 누르며 이름과 생년월일을 몇 번씩 물어보았다. 이번 시술을 책임지는 의사는 화면 속 내 심장에서 눈을 떼지 않았다. 다른 의사들에게 더 빨리 끝내라며 시술을 재촉했다. 시술이 끝났는지 의사가 화면을 가리키며 다행히 막힌 심혈관 중 하나를 뚫었다고 알려주었다. 그때는 무슨 말인지 몰랐다.

시술을 마치고 곧바로 응급중환자실로 옮겼다. 간호사가 재빨리 팔과 다리에 주삿바늘을 꽂고 줄줄이 수액을 매달았다. 가슴에는 커다란 패드를 붙인 뒤 모니터 장비를 연결했다. 화면에는 숫자와 그래프가 힘없이 반짝거렸다. 요도에는 소변 줄을 꽂았다. 간호사는 기저귀를 채웠으니 대변 보고 싶으면 그냥 누면 된다고 안심시켰다. 중환자실에는 화장실이 따로 없었다. 침대가 곧 화장실이었다. 6시간 전에 친구랑 낄낄거리며 수다 떨었는데, 지금은 심장을 뚫고 기저귀를 차고 죽음의 문턱에서 헤매고 있었다.

응급 시술과 입원으로 정신 없는 사이에 잠깐 선잠이 들었나 보다. 친구가 악몽을 꿨냐며 조용히 흔들어 깨우면 얼마나 좋을까. 하지만 새하얀 천장과 얇은 커튼, 삑삑거리는 모니터 소리, 무슨 말인지 몰라도 힘없이 흥얼거리는 다른 환자들 목소리가 들렸다. 간호사는 내 웃옷을 걷어 배에다 바늘을 찔러 항생제를 놓았다. 몹시 쓰리고 아팠다. 꿈이 아니었다.

시술을 맡았던 의사는 친절하거나 부드럽다기보다는 그냥 있는 그대로 사실만 말해주는 쪽이었다. 시술할 때도 심장이 잠깐 멈췄다며 대놓고 말했다. 의사는 심장과 연결된 큰 혈관이 세 개인데 두 개는 이미 막혔고, 이번에 마지막 남은 혈관까지 막혀 쓰러졌다고 했다. 셋 중에서 가장 가는 혈관을 뚫어 심장에 피는 돌지만 아직 안심할 수는 없다고 했다. 하루 이틀이 고비다, 여전히 혈압이 낮고 부정맥이 남아 있으며 폐에 물이 찼다. 간단하지만 정확하게 내 상태를 알려주었다.

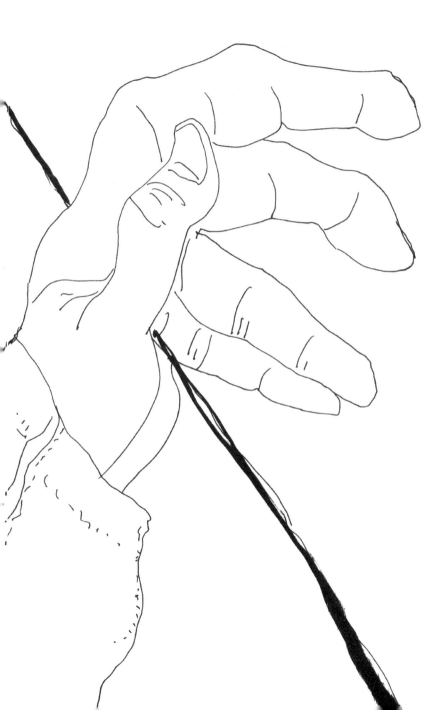

응급중환자실은 뻥 뚫린 큰 방에 침대가 줄줄이 놓여 있었다. 벽이나 칸막이는 없었다. 다들 위중한 환자라 자칫 무슨 일이 생기면 의사와 간호사들이 바로 조치할 수 있게끔 설계했다. 텔레비전이나 라디오는 아예 없고 흔한 풍경화 한 점 걸려 있지 않았다. 스마트폰도 가지고 갈 수 없었다. 면허는 하루에 30분 정도 가능하지만 코로나 때문에 아예 금지되었다. 간호사들이 챙겨주는 밥을 먹고 수액과 주사를 맞으며 하루종일 천장만 보고 꼬박 닷새 동안 누워 있었다.

모르핀 때문인지 눈앞에 의자와 침대, 모니터와 벽시계가 내게 말을 걸며 눈앞에 날아다녔다. 자기네들끼리 무슨 갈등이 있는지 몰라도 일일 드라마처럼 자꾸 이야기를 만들어 냈다. 눈을 감아도 보였고, 귀를 막아도 들렸다. 잠깐 잠이 들었다가 깨면 천장이 파랗게 보였다. 산소 호흡기가 고장이 났는지 숨이 찼다. 물속에 빠진 기분이었다.

의사가 말한 이틀 동안 겪은 일이다. 나중에 들었는데 의식을 희미해질 때마다 간호사가 와서 깨웠다고 했다. 호흡기는 멀쩡했다. 폐에 물이 많이 차서 호흡이 가빠진 거였다. 부정맥이 잘 잡히지 않아서 무척 긴장했다고 한다.

다행히 위기를 넘겨 닷새 뒤에는 일반병실로 옮겼다. 의사는 소변 줄부터 빼주라고 몇 번이나 간호사를 독촉했다. 닷새 만에 바지를 벗고 기저귀를 벗으니 성기에 소변 줄을 낀 게 아니라 두꺼운 소변 줄에 성기가 조그맣게 묻어 있는 것 같았다. 병실은 2인실이었는데, 텔레비전이 조용히 웅웅거렸고 꽤 큰 화장실이 딸려 있었다. 친구는 걱정 반 안심 반인 표정으로 내 스마트폰을 건네주었다. 어머니와 동생, 친구들로부터 전화와 메시지, 카톡과 소셜 미디어로 수많은 위로를 받았다. 살아 있다는 게, 살아남아서 다행이라는 게 비로소 실감 났다. 고맙고 행복하고 기쁘고 따뜻했다. 그리고 성경보다 리처드 도킨스의 책을 다시 읽어야겠다는 마음이 들었다.

"수많은 그리스인과 로마인은 자신들의 신이 실제로

존재한다고 생각했다. 그들은 그 신들에게 기도하고, 동물을 제물로 바쳤으며, 행운이 찾아오면 그들에게 감사하고, 일이 잘못되면 그들을 탓했다. 그런 고대인들이 틀렸다는 걸 우리는 어떻게 알까? 왜 지금은 아무도 제우스를 믿지 않을까?"

_ 리처드 도킨스, 《신, 만들어진 위험》

# 죽음의 문턱에서

심장이 멈추면서 잠깐 의식을 잃었나 보다.

순간 눈앞이 흐릿해졌다. 화면과 수술실이

사라지고 바닥에서 커다란 벽이 솟아올랐다.

모든 빛을 다 빨아들일 만큼 검었다.

한 번도 가보지 못했던 공간으로 넘어가는

경계 같았다.

"그러고 보면 모든 인간 중에서 죽어가는 인간이 가장 포악하다. 그리고 이제 곧 그들은 우리를 조금도 괴롭히지 못할 신세가 될 것이므로, 그 불쌍한 인간들이 하자는 대로 해주는 게 옳은 일임이 틀림없다."

_ 허먼 멜빌, 《모비 딕》 중

막힌 심혈관을 뚫는 순간까지 의사가 시킨 대로 두 눈을 부릅뜨고 모니터 화면을 보았다. 그런데 심장이 멈추면서 잠깐 의식을 잃었나 보다. 순간 눈앞이 흐릿해졌다. 화면과 수술실이 사라지고 바닥에서 커다란 벽이 솟아올랐다. 모든 빛을 다 빨아들일 만큼 검었다. 한 번도 가보지 못했던 공간으로 넘어가는 경계 같았다. 누군가 내 몸을 느긋하지만 확실하게 검은 벽으로 밀었다. 옴짝달싹하지 못할 만큼 벽에 딱 붙었다. 그런데 벽은 단단하지도 무르지도 차갑지도 따뜻하지도 않았다. 공포나 동정도 느껴지지 않았다. 완벽하게 아무것도 아닌 무(無)였다. 지난 일이 눈앞에 주마등처럼 스쳐 가거나 예수나 부처가 보이지도 않았다. 영혼이 빠져나와 누워 있는 날 내려보거나 밝은 터널을 통과하는 따위의 임사 체험도 없었다. 그저 안쪽으로 스며들면 모든 게 깔끔하게 끝날 것 같았다. 의사가 정신 차리라며 손가락으로 어깨를 찔렀다. 그제서야 온몸이 검은 벽에서 조금씩 뜯겨져 나왔다. 까만 벽은 사라지고 수술실과 화면 속 심장이 다시 보였다. 막혔던 혈관으로 다시 가늘게 피가 흘렀다.

중환자실에 있는 내내 팔과 다리로 수액을 맞고 소변 줄까지 달아서 조금이라도 움직이려면 간호사에게 도움을 받아야 했다. 목마르다고 하니까 종이컵에 빨대를 꽂아 아주 조금씩 먹도록 했다. 물이 이렇게 달고 맛있는지 처음 알았다. 시간이 흐를수록 평범한 물맛으로 돌아왔다. 밥은 처음부터 퇴원할 때까지 모래알을 씹는 것 같았다.

중환자실에서 일반병실로 옮기고 나흘 동안 더 입원했다.

수치가 많이 회복되어 퇴원을 하게 되었는데 입고 나갈 옷이 없었다. 중환자실에 입원하면서 입던 옷은 친구가 챙겨가져가 환자복밖에 없었다. 친구가 급하게 가까운 마트에서 속옷과 바지, 웃옷을 샀다. 그런데 한 치수 작은 걸 사서 속옷은 사타구니에 끼고 바지는 배가 조였다. 열흘 가까이 헐렁한 환자복만 입어서 그런지 매우 불편했다. 친구는 119도 부르고, 덜컹거리는 구급차도 같이 탔고, 중환자실에 있을 때는 의사와 가족들 사이에서 연락까지 도맡았다. 일반병실로 옮기고 나서도 내 보호자로 작고 낮은 보조 침대에서 선잠을 자며 나흘 동안 날 보살펴주었다. 말 그대로 생명의 은인인데 속옷에 불알이 좀 꼈다고 더럽게 짜증을 냈다. 퇴원 절차를 밟으려고 병실을 나와 엘리베이터를 탔다. 참았던 말, 끝까지 참아야 했던 말을 친구에게 기어이 터뜨렸다.

"내가 그렇게 작아 보여?"

퇴원하고 한동안 친구 집에 머물렀다. 혼자 있기에는 아직 불안했기 때문이다. 아침저녁으로 약을 꼬박꼬박 챙겨

먹었다. 식사는 채식 위주로 가볍게 먹었고 하루에 한 시간씩 걸었다. 저녁을 먹고 일찍 잠들었다. 내일 아침까지 별 탈 없을 거라 다독거렸다. 다음날 아침잠에서 깨면 침대에 누운 채로 발가락부터 꼼지락거렸다. 심장이 뛰는지 조용히 가슴에 손을 올렸다. 아예 없을 뻔한 오늘이 또 한 번 시작되었다.

퇴원하고 한 달 뒤에 다시 병원에 갔다. 혈액 샘플을 뽑고, 심전도와 초음파 검사를 했고, 엑스레이를 찍었다. 의사는 모니터로 영상과 수치를 확인했다. 모두 정상으로 돌아왔다며 시술하기 전 심장과 폐 사진을 비교하여 보여주었다. 이제 심장은 정상에 비해 반 정도만 살아 있다. 다시 위험해질 확률은 1퍼센트이지만 앞으로 1년 동안은 매우 조심해야 한다. 담배는 안 피우니까 괜찮고 술은 꼭 끊어야 한다. 무엇보다 약을 잘 챙겨 먹어야 한다. 의사는 무척 꼼꼼하게 설명해주었는데 전보다 표정이 무척 밝았다. 죽을 뻔한 환자가 퇴원해서 살 만한 얼굴로 다시 돌아와서 그런가 싶었다.

친구 집에서 나와 작업실인 '믿는구석'으로 다시 돌아왔다. 몸도 차츰 회복되었다. 이제는 혼자 아침을 챙겨 먹고 동네를 산책한다. 잠도 잘 잔다. 하지만 살롱에서 일하거나 그림을 그리면 힘이 들고 쉽게 지친다. 한두 달은 더 밥 잘 먹고 운동하고 푹 자면서 쉬려고 한다. 집에만 있으면 지루하지 않을까 싶었는데 닷새 동안 중환자실에서 천장만 보며 버틴 시간을 떠올리면 전혀 아무렇지 않다.

# 먹고 만지며 두근거리며

눈과 귀, 입과 손끝,

살아있는 '나'이기에 느낄 수 있는

달콤한 감각을 오래도록 만끽하고 싶다.

"'나'라는 존재가 영원하다는 환상이 깨지는 순간, 삶의 의미는 사라진다."

_ 장 폴 사르트르

지금껏 그림을 그리고, 여행을 다니고, 사람들을 만났다. 재미나게 일하면서 쓸 만큼 벌었다. 재능 나눔과 기부도 나름 성의껏 했다. 통영에 와서 꿈꾸던 공간도 만들었다. 꽤 만족스러웠다. 하고 싶은 일만 하자고 다짐했고, 또 그대로 살았다. 내 인생에 스스로 의미를 담아야 덜 허무할 거라고 믿었다. 신도 없고 영혼도 없고 영원히 살 수 없다는 것도 잘 안다. 그래도 영원히 살 것처럼 살다가 죽는 줄도 모른 채 사라지고 싶었다.

잠자는 시간은 죽은 거나 다름없으니까 웬만하면 안 자

려고 애썼다. 깨어 있는 동안에는 그림을 그리고 책을 읽었다. 친구를 만나면 밤을 새워가며 수다를 떨었다. 내게 주어진 시간을 그림과 여행, 책과 만남으로 꾸역꾸역 채워 넣었다. 그런데 막상 심장이 멈추고 죽음이 코앞까지 왔을 때 의미나 보람 따위는 전혀 느낄 수 없었다. 죽음이 워낙 생생하게 다가와서 죽는 줄도 모른 채 사라지기도 글렀다. 죽지 않고 살아나도 몇 년, 몇십 년 뒤에는 어김없이 또 죽음을 맞이할 텐데 지금과 크게 달라질 것 같지 않았다. 맥이 탁 풀렸다.

퇴원하고 두 달이 지났다. 그림은 아직 시작하지 못했다. 살롱에는 잠깐씩 들른다. 술은 끊었다. 마시고 싶은 마음도 사라졌다. 붉은 고기나 탄수화물 대신 채소와 과일, 견과류를 먹는다. 오후에 바닷길을 따라 한 시간씩 산책한다. 해가 지기 전에 돌아와 저녁을 먹고 영화 한 편을 본다. 자기 전까지 책을 읽는다. 사람은 거의 만나지 않는다.

오랜만에 여동생과 통화를 했다. 여대를 나와 장교로 임

시간이 없어요...
時間がない inspired by
kirinji

관하여 중령으로 전역한 뒤 군에서 상담사로 일한다. 요즘 겪고 있는 일들을 꽤 오랫동안 이야기했다. 조용히 듣고 있던 동생이 지금처럼 생각보다 먼저 마음을 말해보라고 권했다. 무슨 말이냐고 물었더니 지금 나의 말과 행동이 맞고 틀리는지 판단해서 말을 삼키거나 꾸미지 않아도 된다는 것이었다. 마음이 힘들면 힘들다, 불편하면 불편하다고 눈치 보지 말고 이야기하라는 거였다. 내 마음을 피하기만 할 수는 없다. 꺼내지 못하거나 풀리지 않은 마음은 그대로 몸에 쌓여 독이 된다. 그리고 가장 약한 부분부터 망가뜨린다. 동생도 나랑 체질이 비슷한지 몇 년 전 뇌혈관에 이상이 생겨 큰 수술을 받았다. 뇌나 심장이나 위치만 다를 뿐 크게 다르지 않다. 막히면 그대로 끝이다. 동생은 다른 사람이나 일에 신경 쓸 여유가 없어진 만큼 오빠 자신을 제대로 볼 수 있게 되었다며 위로 아닌 위로를 해주었다. 내 동생이 날 오빠라고 부른 건 정말 오랜만이었다.

같은 대학 ROTC 동기 단톡방에 들어갔다. 주식에 대해 한창 수다를 떠는 중이었다. 어느 종목이 괜찮고, 어떤 정보

あと何回、君と会えるか あと何曲、曲作れるか
あと何回、食事できるか 今日が最期かもしれないんだ
ショーウインドウの中を季節が駆け抜ける 春夏秋
今年の色に染まるメインストリート うつろう街 うつろう夢
花びらが雨に散れど 僕は歌おう 君が微笑むなら
サヨナラなんて「なんとなく」だね 人さえ人にとどまらぬ
大切なもの見失ってしまいそうさ ゆえに愛は伝えておこう
今よるだけ まだ母さんは惚けてはない
今日も息子は学校に行かない まだローンは残ってるし
俺、まだ世界を見てない 永遠はもう半ばを過ぎてしまったみたい
How do you feel? 残り半分で短すぎるね
うつろう街 うつろう夢 花びらが無茶に散れど 12番唄こう
君も踊ろよ、さあ サヨナラなんて「なんとなく」だね
遠い花火も色褪せる 大切なもの見失ってしまいそうさ
僕が見てきたすべてを話して聞かせたい
シラナイコトヤリタイコトタクサンアル！
春夏秋 How do you feel? 明日の色を思い描こう
流れる星 煌めく夢、瞳に映る焔
花びら散って森は輝いて、ああ きっと手をふってサヨナラする
人さえ人にとどまらぬ 大切なもの見失ってしまいそうさ
君に愛を伝えておこう 愛をあるだけ、すべて
-時間がない、キリンジ

앞으로 몇번, 너를 만날수 있을까      변해가는 거리
앞으로 몇곡, 곡을 쓸수 있을까      변해가는 꽃
앞으로 몇번, 식사를 할수 있을까      꽃잎이 비에 흩어져도
오늘이 마지막일지도 몰라      나는 노래할거야

를 확인해야 하고, 하지 말아야 할 건 뭐고… 좀처럼 대화가 끝나지 않았다. 가만히 보고만 있던 친구 녀석이 한 마디 툭 던졌다.

"살 날 얼마 남지 않았다. 주식보다 주색이다."

남은 시간 동안 뭘 하며 보내고 싶은지 스스로 물어본다. 알람 없이 잘 만큼 자다가 개운하게 일어나고 싶다. 손수 준비한 싱싱한 샐러드를 오물오물 씹고 싶다. 소파에 누워 잠깐씩 졸면서 느긋하게 아침을 보내고 싶다. 바닷바람 맞으며 반짝거리는 윤슬에 눈을 찡그리며 동네를 걷고 싶다. 멋진 여성을 만나서 가벼운 화젯거리로 부담 없이 웃으며 이야기하고 싶다. 사귀고 싶다는 마음으로 설레고 싶다. 눈과 귀, 입과 손끝, 살아 있는 '나'이기에 느낄 수 있는 달콤한 감각을 오래도록 만끽하고 싶다.

눈라기, 입과 손끝,
살아있는 나이기에 느끼는
달콤한 감각을 오래도록
만끽하고 싶다

with 밥장

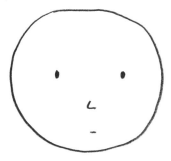

하나로는
멋지거나
재미있거나...?
생각보다
어렵습니다.

하지만 !!!

하나더 있으면
뭔가해볼수 있어요.

마주볼수 있고…

서로의 등을 대고
지켜줄 수도 있으며

앞서거나 뒤서거니
줄을 설 수도 있어요,
게다가...

여럿이 함께 있으면
즐길 수 있는 게 훨씬
많아집니다.

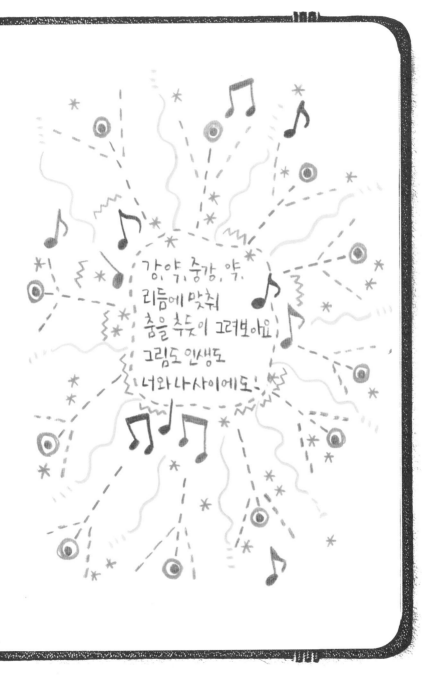

에필로그

# 플랜 B를 살다

아무리 꼼꼼하게 밑그림을 그리고

조심스레 따라 그려도

'삑사리'는 나기 마련이다.

틀리지 않으려고 끙끙거리기보다는

용감하게 선 하나 긋고 어울리는 선을

하나씩 채우는 게 정신 건강에 이롭다.

긴 겨울을 보낸 뒤 봄을 지나 여름 장마가 시작되었다. 코로나는 여전히 수그러질 기미가 보이지 않는다. 지난 2월 이명현 박사와 허연 시인이 살롱을 찾은 뒤로 아직 다른 분을 초대하지 못했다. 손님들도 이제 살롱을 복합문화공간보다는 커피나 음료, 맥주를 마시는 카페로 여긴다. 백신이 보급되어 희망이 생기나 싶더니 이내 변이 바이러스가 등장해 확진자가 다시 늘어났다. 올해도 크게 기대하지 않는다. 조금만 버티면 괜찮아질 거라 믿으면 되레 더 괴롭다는 사실을 지금껏 몸과 마음으로 경험했기 때문이다. 게다가 코로나가 완전히 사라진다 해도 곧바로 매출이 치솟을 리 없다. 오히려 예상하지 못한 위기가 또 닥쳐와 어떻게든 버텨보려고 애쓸 가능성이 더 높다. 먼저 자영업에 뛰어든 선배들은 일단 24개월만 버텨보라고 다독거린다. 그 뒤부터 잘 풀린다기보다 처음 2년이 죽을 만큼 힘든데, 다들 예외 없이 그랬다는 뜻이다.

결국 4차 재난지원금은 못 받았다. 2019년과 비교해 2020년 매출이 줄어든 자영업자에게만 주었다. 2019년 9월 중순에 살롱을 열었으니 아무리 코로나로 피해를 입었더라도 석 달 반 매출이 일 년치 매출보다 적을 리는 없었다. 그래도 정부에서 세 번씩이나 몇백만 원이나 되는 돈을 줄 거라고 예상하지 못했다. 거기에 천만 원을 보험금으로 받았다. 잊고 있었는데 20년 전 종신보험에 가입할 때 3대 질환 특약을 들어둔 덕분이었다. 어떻게 들릴지 모르겠지만 급성 심근경색으로 쓰러져 돈을 번 셈이다. 돈이란 정말 제멋대로다. 어이없는 방식으로 잔고가 늘기도 한다.

4월부터는 새로운 매니저가 살롱을 맡았다. 119에 연락해 응급차를 불러주고 하루종일 병실에 머물며 날 챙겨준 친구다. 작업실과 카페도 운영해본 터라 손도 빨랐다. 당분간 강의를 대신할 프로그램을 함께 기획하고 있다. '작업자의 물건'도 그중 하나다. 작가, 예술가, 건축가, 셰프처럼 솜

씨 좋은 친구들이 하나둘씩 모은 취향 가득한 물건을 살롱
한 쪽에 전시하고 판매한다.

4월에는 ㅇ 피디와 안동, 영주, 문경, 대구를 다니며 여행
콘텐츠를 만들었다. ㅇ 피디와는 몇 년 전 모 방송사의 해외
여행 프로그램에 출연하면서 알게 되었다. 한 달 가까이 아
르헨티나 곳곳을 다니며 네 편을 찍었다. 8년이 지났는데도
잊을 만하면 엉뚱한 케이블 채널에서 재방송한다. 덕분에
연락이 뜸했던 친구들이 TV에서 봤다며 '또' 아르헨티나 다
녀왔냐고 안부를 묻는다. 아르헨티나 촬영을 끝내고 인도네
시아에서 네 편을 또 찍었다. 프로그램이 끝난 뒤에도 따로
만나 참치를 먹거나 고기를 구우며 맥주를 홀짝거렸다. 칼
리만탄에서 오랑우탄과 팔짱을 끼고 코모도섬에서 왕도마뱀
에 쫓기고 엘 칼라파테에서 드론을 날려 먹은 일을 떠올리
며 낄낄거렸다. "형은 언제나 제 프로그램에서 첫 번째 출연
자예요." 듣기 좋으라고 하는 소리겠지만, 요즘 같아서는 큰
위로가 된다.

20일 동안 네 개 도시를 다니며 촬영했는데 시술한 지 두 달밖에 되지 않아서 힘이 달렸다. 게다가 통영에서 4월은 완벽한 봄날이지만, 영주나 문경은 내복과 장갑이 아쉬울 만큼 매섭게 추웠다. 조금 더 신경을 쓰거나 몇 컷을 반복해서 찍으면 금세 힘이 빠졌다. 야금야금 피곤해지는 게 아니라 피곤이 커다란 파도처럼 몰려와 몸과 마음을 한꺼번에 무너뜨렸다. 차 안에서 잠깐 쉬다가 나도 모르게 깊이 잠들었다. 체력은 형편없는데 짜증은 지칠 줄 모르고 솟아올랐다. 그럴 때마다 ㅇ 피디는 "형, 건강이 먼저야. 피곤하면 언제든지 이야기해. 쉬었다가 천천히 찍으면 돼."라며 날 다독거렸다. 결국 촬영하는 내내 피디와 스태프들한테 배려받는 사람이 되었다. 하지만 착각이었다. 촬영 전부터 아니 심근경색으로 쓰러지기 훨씬 전부터 어머니, 동생, 전 부인, 친구, 애인, 후배 그리고 독자와 팬들이 조용하지만 꾸준히 날 배려해 주었다.

그림일기 수업은 살롱을 열면서 시작했는데 지금도 계속한다. 일주일에 한 번씩 적게는 다섯 많게는 열 명이 모여

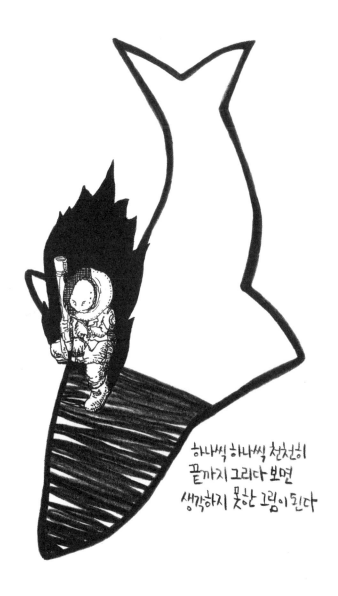

하나씩 하나씩 천천히
끝까지 그리다 보면
생각하지 못한 그림이 된다

수업을 들었다. 매일 그림일기를 그려서 스마트폰으로 찍어 보내면 댓글로 팁을 알려주었다. 요즘에는 방역을 위해 한 사람씩 따로 수업한다. 살롱에 직접 찾아오기 어렵거나 다른 곳에 사는 사람들은 원격강의 프로그램으로 만난다.

연필로 밑그림 먼저 그려도 되나요?
그리다가 틀리면 어떻게 해요?

그림일기를 시작하면 다들 꼭 물어본다. 틀려도 괜찮으니까 바로 그리고 망쳐도 되니까 끝까지 그려보라고 알려준다. 아무리 꼼꼼하게 밑그림을 그리고 조심스레 따라 그려도 '삑사리'는 나기 마련이다. 틀리지 않으려고 끙끙거리기보다는 용감하게 선 하나 긋고 어울리는 선을 하나씩 채우는 게 정신 건강에 이롭다.

하나씩 하나씩 천천히
끝까지 그리다 보면
생각하지 못한 그림이 된다.

퇴사와 이혼, 이별과 은퇴, 코로나와 심근경색까지. 그 밖에 운이 나쁘거나 실패했다고 여기는 일들은 그림에 비유하면 다 어긋난 선이다. 그런데 선 몇 개 잘못 그렸다고 그림을 망치지 않는다. 아직도 수천, 수만 개의 선을 더 그려 넣어야 하기 때문이다. 빗나간 선에 맞춰 새로운 모양을 그려도 되고 아예 그림자로 덮어버려도 된다. '삑사리'야 어쩔 수 없지만, 다음에 어떤 선을 그리고 무슨 색을 칠할지는 오롯이 나한테 달렸다. 플랜 B만큼은 내 몫이다.

# 은퇴 없는 세상 : 크게 달라진 건 없다

11월까지 잘 버티면 만 나이로 딱 오십이다.

정말 어쩌다 중년이다. 청년과 노인 사이에는 마치

뜨거운 모래뿐인 사막이 펼쳐진 듯하다.

그저 한 마리 낙타처럼

나 홀로 있는 힘을 다해

터벅터벅 빠져나오는 수밖에 없다.

다시 찾아온 7월의 통영은 습기로 가득하다. 장마와 무더위가 기승을 부리는 7월 말부터 8월 중순까지는 에어컨보다 제습기가 더 필요하다. 여전히 그림, 정확히 말해 돈을 받고 그리는 일러스트레이션 작업은 다시 시작하지 못했다. 책상에 앉아 애플 펜슬만 잡으면 금세 가슴이 뻐근해진다. 선뜻 그릴 엄두가 나지 않는다. 하나밖에 남지 않은 심혈관 때문이겠지만, 오랫동안 일에 치이기도 했다.

지난 1월 클라이언트가 멋대로 정한 일정에 맞추느라 2주 동안 아이패드를 붙잡고 밤새 그렸다. 그렇다고 살롱을 닫거나 그림 수업을 안 할 수도 없었다. 나중에는 밥 먹을 시간도 모자라 이틀 내내 차가운 피자만 씹었다. 겨우 마감에 맞춰 완성된 작품 70점을 메일로 보냈다. 그리고 3일 뒤에 쓰러졌다. 이렇게 된 게 꼭 클라이언트 탓만은 아니다. 하지만 내 상태를 아는지 모르는지 중환자실에서 나온 뒤로도 끊임없이 수정해달라고 요청했다. '밤하늘은 왜 보라색이죠?(까맣게 칠해)', '사람이 건물보다 크네요(비례에 맞춰 그려)', '왜 사람인데 하늘색이죠?(피부는 무조건 살색이야)' 이런 식이었다. 다행히 나와 클라이언트 사이에서 일을 맡은 업체 대표가 나서서 모두 수습해 주었다. 그분이 아니었다면 겨우 살려낸 혈관마저 어떻게 되었을지 모른다. 도무지 말이 통하지 않는 클라이언트, 선뜻 받아들이기 어려운 요구, 끊임없이 쏟아지는 자잘한 수정, 사람 잡는 일정에 빡빡한 예산까지. 15년 전이나 크게 다르지 않다.

그래도 일이 없으면 돈이 아쉽다. 일이 너무 많으면 몸이 아프다. 일과 여가, 돈과 건강은 내 뜻대로 되는 법이 없다. 살롱도 마찬가지다. 매일 밤 마감을 할 때면 조울증 환자가 따로 없다. 기쁨과 슬픔, 행복과 고통이 주문한 음료 숫자와 매출에 따라 오르락내리락한다. 통장 잔고까지 들여다보면 더욱 불안해진다. 이러려고 시작한 건 아닌데 말이다. 죽음의 문턱까지 다녀왔으면 인생 뭐 있냐고 대범해질 만도 한데

딱히 그렇지도 않다.


11월까지 잘 버티면 만 나이로 딱 오십이다. 정말 어쩌다 중년이다. 우리나라에서는 지자체와 법규, 기관마다 차이가 있지만 19세부터 39세까지가 청년이다. 65세가 넘으면 노인이다. 청년 일자리 정책, 노인 복지 정책은 있어도 40세부터 64세까지 중장년을 위한 지원은 그리 눈에 띄지 않는다. 청년과 노인 사이에는 마치 뜨거운 모래뿐인 사막이 펼쳐진 듯하다. 게다가 중간 어디쯤에서 은퇴라는 시련도 겪어야 한다. 젊지도 늙지도 않아서 별다른 지원도 없다. 그저 한 마리 낙타처럼 나 홀로 있는 힘을 다해 터벅터벅 빠져나오는 수밖에 없다.


누구나 태어날 때부터 죽음이라는 정년을 향해 차근차근 늙어간다. 사람만 그런 게 아니다. 지구에서 태어난 모든 생명도 마찬가지다. 심지어 종마저도 거의 다 멸종한다. 지구도 태양도 심지어 우주조차도 멀고 먼 시간 뒤에는 차갑게 식은 채로 정년을 맞는다. 결국 모두 다 사라지는 마당에 아픈 가슴을 부여잡고 클라이언트와 씨름하면서 버텨본들 무슨 소용이 있을까?

한창 인류와 우주까지 들먹거리며 글을 쓰는데 문자가 왔다. 꽤 큰 돈이 통장에 들어왔다. 몇 달 전 마무리한 일러 스트레이션 비용이었다. 이때다 싶어 장바구니에 담아둔 책 들을 얼른 주문했다. 밀린 보험료와 공과금도 한꺼번에 처리 했다. 몇 시간 뒤면 '약발'이 떨어지겠지만, 지금 이 짧은 순 간만큼은 확실히 행복하다.

살롱에서 들려줄 플레이리스트를 업데이트하려고 자 기 전에 한두 시간씩 새로운 음악을 듣는다. 어제 처음 원 슈타인이 부른 노래를 들었다. 〈X〉, 〈캥거루〉, 〈Late Night Walker〉를 듣는 순간 더할 나위 없이 짜릿하다. 밤잠을 설 쳐가며 유로 2020 유럽 축구 선수권 대회를 보았다. 덴마크 와 핀란드의 예선 경기였는데 토트넘에서 손흥민 선수와도 뛰었던 덴마크의 크리스티안 에릭센 선수가 갑자기 의식을 잃고 쓰러졌다. 심장마비였다. 심판이 달려와 급히 의료진을

지구도 태양도 우주마저도
멀고 먼 시간 뒤에는
차갑게 식은 채로 정년을 맞는다

불렀다. 덴마크 주장이 응급처치를 하고 다른 선수들이 에 워쌌다. 동료들과 가족뿐만 아니라 내게도 결코 남의 이야 기가 아니었다. 정말 위태로운 순간까지 갔지만, 의료진이 심 폐소생술을 한 덕분에 다행히 살아났다. 에릭센 선수는 빠 졌지만 남아 있는 선수들은 더욱 강해졌다. 극적으로 조별 예선을 통과하고 16강, 8강에서 웨일스와 체코를 차례로 꺾 었다. 4강에서 강력한 우승 후보인 잉글랜드를 만났다. 연장 전까지 갔지만 2대 1로 아쉽게 졌다. 경기를 보는 내내 선수 들 모두 나의 영웅이었다. 에릭센을 위해서 한 발 더 뛸 때 마다 내 심장도 덩달아 뜨겁게 뛰었다. 크게 달라진 건 없 다. 짜증도 피곤함도 여전하다. 다만 입금, 원슈타인, 에릭센 과 덴마크 경기처럼 확실한 순간들을 레고 부품처럼 내 삶 에 촘촘히 끼워 둔다.

"나는 살아 있었고 회복 중이었다. 그보다 더 중요한 것은 없었다.

…외부의 그 무엇도 내 마음의 평화를 앗아갈 수 없 었다. 그것은 온전히 나의 문제였다. 내 삶에서 벌어지

고 있는 모든 것을 다 통제할 수는 없지만, 내 경험을 어떻게 자각할 것인가 하는 문제는 내게 달려 있었다."

_질 볼트 테일러, 〈나는 내가 죽었다고 생각했습니다〉 중에서

P.S.

이 책에 실린 그림은 모두 그날 이후 새로 그렸다. 아이패드로 그린 작품은 단 하나도 없다. 여행일기를 쓸 때 갖고 다니는 사쿠라 펜으로 그렸고 오랜만에 색연필도 썼다. 붓펜은 처음이라서 선이 꽤 거칠고 글씨도 흐트러졌다. '이게 밥장 그림이야? 너무 다른데?'라는 말을 들을지도 모르겠다. 애써 힘을 뺐다기보다는 도무지 힘이 들어가지 않았다. 될 대로 되라는 마음으로 그릴 수 있는 만큼 그렸다.

with 밥장

잠들기 전에
꼭 하는 말이
생겼습니다.

"오늘 하루도
고맙습니다"

일본 대지진이 일어난 3일 뒤
라디오에서 매일
<호빵맨 행진곡>이
흘러나왔습니다.
아이들은 따라 불렀고
어른들은 눈물을 흘렸습니다.
노래가사를 쓴 사람은 바로
호빵맨을 그린 야나세 다카시였습니다.

그는 다른 사람을 기쁘게 하는 게
가장 기쁜 일이라고 말했습니다.
평생 스스로 이 말을 지키며
살았습니다.

스물 여섯살 친구가 들려주는
노래 덕분에 순간이 꽉 차오릅니다.

널 잠 못 들게 하는 설레는 이야기들
그게 내 삶을 많이 바꿔주진 못해도
돌이켜보면 결코 쉽지 않았을 말들과
그걸 눈치챌 만큼은 나 성장한걸까
싶은 생각에 스스로 대견해지다가도
여전히
노답, 노답                    원슈타인 X(Butterfly)
   괜찮아요
   쉰 살이 되어도 여전히
   노답이니까요.

요즘 나의 짜증과
변덕스러움을 받아주는
친구(들), 통영이웃들,
살아있음을 마음으로 기뻐해준
친구와 지인들 그리고
세상에서 가장 나와 비슷한
어머니 그리고 동생에게
이 이야기를 바칩니다.

오늘도 고맙습니다!

**은퇴 없는 세상** ; 플랜 B를 살다

© 밥장, 2021

**1판 1쇄 펴낸날** 2021년 8월 30일

글 그림 밥장
**총괄** 이정욱 | **편집** 이지선 | **마케팅** 이정아 | **디자인** 조현자
**펴낸이** 이은영 | **펴낸곳** 도트북
**등록** 2020년 7월 9일(제25100-2020-000043호)
**주소** 서울시 노원구 동일로 242길 88 상가 2F
**전화** 02-933-8050
**팩스** 02-933-8052
**전자우편** reddot2019@naver.com
**블로그** blog.naver.com/reddot2019
**ISBN** 979-11-971956-5-5 03810